数多の精霊で構成される、
龍の化け物「レヴィアタン」。
全身の魔力を口元に溜めたブレスを
今、解き放つ!!
「うわぁっ!?」
勇者
ネル
魔王《まおう》になったので、ダンジョン造って人外娘とほのぼのする 8
異世界で
魔王に生まれ変わった
青年
ユキ
「すげーだろ!!
これが精霊魔法だ!!」

羊角の魔族
レイラ
ウォーウルフ
リューイン
（愛称：リュー）
ヴァンパイア
イルーナ
ヒーリングスライム
シィ

海の幸盛りだくさんの
海鮮バーベキュー!!
フェンリル
モフリル
（愛称：リル）
古代龍
レフィシオス
（愛称：レフィ）
ユキの武器
罪焔《さいえん》
（愛称：エン）

たまには二人っきりで……
空島デートを満喫中!
「ま、楽しかったけどさ。色々見ながら、お前とこうして、二人だけで散歩が出来て」
「……それより、昼飯にするんじゃろう。早く準備をせんか」

魔王《まおう》になったので、ダンジョン造って人外娘とほのぼのする

MAOU NI NATTA-NODE DUNGEON TSUKUTTE JINGAI-MUSUME TO HONO-BONO SURU.

8

著 流優 RYUYU

ILLUST. だぶ竜

口絵・本文イラスト
だぶ竜

装丁
AFTERGLOW

MAOU NI NATTA-NODE DUNGEON TSUKUTTE JINGAI-MUSUME TO HONO-BONO SURU.

CONTENTS

プロローグ　形

罪焔《ざいえん》――エンは、自身の両手を見詰める。

「…………」


いつ見ても、人の身体《からだ》とは面白いものだと思う。

この手のように見えるものは、仮初めだ。主達《あるじ》と違い、本物じゃない。

本来はヒト種ではなくスライムであるシィですら、本物の肉体を変化させて人の姿を模しているが、言わばこの身体は、レイスの子達が憑依《ひょうい》する人形と同じものである。

見た目が、彼女らのものよりもリアルなだけだ。

ただ――そんな仮初めの肉体であっても、人に触れると、温かいと感じるものがある。

ポカポカと、心が満たされる感覚があるのだ。

例えば、主と手を繋《つな》いだ時。そこには、『肉体の接触』という触覚が得る情報以上のものが、掌《てのひら》から流れ込んで来る感覚が確かに存在する。

または、ここの子達とクタクタになるまで遊んだ時。全身を包む疲労感の中に、得も言われぬ満足感が内包されているのがわかる。

食事などもそうだ。本来ならばこの身体が物を食す必要はないのだが、羊角の少女が作る料理を食べている時など、もう至福の時間過ぎて、天にも昇るような心地《ここち》である。

こんな人形の身体であっても、これだけの素晴らしい感覚を得ることが出来るのだ。

一振りの刃《やいば》として主に使われ、自らの存在意義を遺憾なく発揮出来ている時の充足感とはまた違った、満ち足りた感覚である。

面白いものである。

主曰《いわ》く、人は頭で物事を考えたり、判断したり、味わったりしているそうだが、姿形が違うどころか、本来は『無機物』という分類であるはずの自分がそれらと同じことが出来ている以上、少なくとも頭脳だけが全《すべ》ての感覚の中心にある訳ではないのだろう。

要は……そう、心の在り方の問題なのかもしれない。命ある者にとって器は問題ではなく、その中にある知性と精神によって物事を判断しているのではないかと思うのだ。

それは、魂、と言い換えてもいいだろう。

魂。あらゆる生命体が有しているであろうもの。

個性の差は大きく存在すれど、実際のところ魂の構造自体は、意外と皆似通っているのではないだろうか。

シィやレイスの子達を見ると、特にそう思う。リルを筆頭にしたペット達もそうだろうか。

皆、頭脳に相当する部位は存在するが、ヒト種とは大きく違う見た目をしているため、ただ頭だけで物事を感じ取っているとは到底思えない。

何故《なぜ》なら、それでも同じように笑ったり、楽しんだり、感動したりすることが出来ているのだから。

ある時ふと、そんな話を主にすると、彼は苦笑を浮かべ、だが優しい手つきでポンポンとこの人形の身体の頭を撫《な》でる。

「エンは色んなことを考えているんだな」

そうなのだろうか。

いや、そうなのかもしれない。

元々自分は、考えることしか出来なかった身だ。考えることがクセになっているのかもしれない。

「俺は、エンみたいに頭が良くないから、そんなに難しいことはわからない。けど、エンならその辺りの謎も解き明かせるかもしれないな。もしかしたら、研究者とか合ってるんじゃないか？」

「……レイラみたいな？」

「あぁ、レイラみたいな、だ。どうだ、人とは少し違った視点を持っているエンだからこそ、歴史に名を遺《のこ》す偉大な研究者になれるかもしれないぞ？　そうでなくとも、エンはそういう研究とかに興味があったりしないか？」

「……わからない」

そう答えると、彼はからからと笑う。

「ハハハ、そうだな。わからないよな。ま、何がどうであれ、エンはエンの好きなことを、好きなようにやればいいさ」

「……エンは、主と一緒にいたい」

「あぁ、俺もだ。ただ、夢はたくさんあってもいい。この世界には、本当に色んなものがある。それらを知って、ゆっくり考えればいいさ。時間はいっぱいあるからな」

世界にある、色んなもの。

この世界が広く多様であることは、知っている。身を以《もっ》て、体験したことだ。

……いや、そうでもないのかもしれない。

こうして、自らの足で歩けるようになってからそんなに経《た》っている訳ではなく、まだまだ皆と比べても知らないことは多く存在する。

――いったい、世界とはどれくらい広がっているのだろう。

「……お姉《ねえ》ちゃん」

「うむ？　どうした、エン？」

のんびりしていた様子の龍の少女に話し掛けると、彼女は優しい声音で返事をする。

「……世界は、どれくらい広い？」

自身の言葉に、恐らくこの迷宮で最もそれを知っているであろう彼女は、考える素振りを見せる。

「ふむ……難しい質問じゃな。言葉で表すのも難しい上に、それは個の認識によって変化するものじゃが……」

そう前置きをして、彼女は話し始めた。

「そうじゃの……儂《わし》は、一人の時に色々と見て来た。じゃが、広大な世界は灰色で、とても狭かった。窮屈で仕方がなかったんじゃ。そして、儂がこの世界を真に広いと思うたのは、この場所で。

ちっぽけなここが、どこまでもどこまでも広がる世界そのものじゃと、実感したんじゃ」

「……広いと狭くて、狭いと広い」

謎々のような、その言葉。

ただ……何となく、本当に何となくなのだが、彼女の言いたいことも、わかるような気がした。

ただの呪《のろ》いの魔剣であった時は、世界は絶望の一色であった。

だが今は、日々がとても色鮮やかに感じている。あの頃《ころ》と比べ、毎日がどれだけの色に溢《あふ》れているることだろうか。

「……エンも、感じたことがある」

「カカ、そうか。ならばエンはもう、この世というものの広大さを感じ取っておるはずじゃ。それさえ知っておれば、お主は何でも出来る」

「……何でも？」

「うむ。何でもじゃ。お主が武器であり、そしてその武器としての本懐をとても大事にしておることはわかっておる。じゃが、せっかくそうして、自らで立てる二本の足を得たんじゃ。どうせならば、その足でやれることも考えてみると良い。——道は果てなく続く。数多《あまた》を学んで、数多を感じることじゃ」

大らかな、きっと母親とはこういうものなのだろうと思わせる微笑《ほほえ》みで、彼女はそう言った。

——自らの足で、出来ること。

少し考えてから、言葉を返す。

「……美味《おい》しいものの、食べ歩きをしてみたい」

するとは彼女は、一瞬目を丸くし、それから本当に愉快そうに笑い声を溢《こぼ》す。

「カカカ！　そうかそうか、食べ歩きか。それは素晴らしいの。うむ、世界中を巡って、美味《うま》いものを食い尽くすと良い。お主ならばそれが出来るじゃろう」

「……お姉ちゃんも、しよう？」

「クク、そうじゃな。共に数多の食材を食ろうてやろうか。そして、その料理方法をレイラに伝える訳じゃ」

「……むむ。それは素晴らしい。レイラなら、もっと美味しく作れる」

「彼奴《あやつ》は天才じゃからな。……いや、そんなまだるっこしいことをせずとも、彼奴や皆を連れて旅行に行けば良いのか」

「……それは、絶対楽しい。とっても楽しみ」

「うーむ、儂もじゃの。これは皆に話して、検討せねばならんな」

そこからもずっと、彼女と食べ歩きの話を続ける――。


――好きなことを、好きなようにやる。

少し自分は、難しく考え過ぎていたのかもしれない。

深くまで考えずとも、主達と共に生きられるのならば、それがそのままやりたいことであり、好きなことであり、自身にとって最も幸せなことなのだ。

恐らくだが……ここにいる皆は、心の形が似ているのではないだろうか。

影響し合い、繋がり合い、共鳴し合う。それが奏でる調和が、心地良いと感じているものの正体なのではないだろうか。

いや、むしろ逆に、パズルのようなものなのかもしれない。

それぞれ形の違うピースが、綺麗《きれい》に嵌《はま》って繋がっていき、最終的に一枚の絵を織り成す。

その絵の美しさに、心が揺さぶられているのかもしれない。

ただ、どちらであるにしろ言えることは、他者と繋がるのに、器の差異はほぼ関係がないということだ。

重要なのは、その中身なのだ。

一人一人で全く姿形が違うここの皆が、こうして共に生きて行くことが出来ているのは、それが理由なのだろう。

――生命とは、なんと不思議で面白いことか。

そんなことを、ふと、思った。

第一章　ダンジョンへ

ネルと、遊びに来たイリルが王都へと帰ってから、少し経ったある日のこと。

俺は、精霊王に与えられた力、『精霊魔法』の扱い方をイルーナに教わっていた。

「ええっと……俺の周りを回ってくれ」

俺が呼び出し、周囲をふよふよと漂っていた淡い光――精霊達へと指示を出すと、次の瞬間整然と並んでまるで一つの生物であるかのように動き出し、俺の周りをくるくると回り始める。

「そうそう！　すごいよ、おにいちゃん！　こんなすぐ出来るようになるなんて！」

「先生がいいからな。バカでもすぐに覚えられるってだけさ」

「えへへ、そーかなぁ」

照れるイルーナ。最高に尊い。

――精霊が出来ることは、多種多様である。

まず、基本的な性能として、対象の『善悪』を見極めることが可能になる。

これは、弱い種族である精霊が生き残るために獲得した能力であるそうだ。

初めて会った頃から、イルーナは自分で危険か危険じゃないかを察知している様子があったのだが、彼女は精霊の力を借りてその判断をしていたのだろう。

次に、精霊にはいくつかの種別があり、その種別によって使える魔法が変わってくる。

簡単に言えば、精霊には通常の魔法と同じく、属性が存在するのだ。

火精霊ならば火魔法が、水精霊ならば水魔法が、というように、それぞれの属性で使える魔法が変わってくるのである。

そのため、その場の環境に能力が左右されることがある。火精霊は水場では力を発揮出来ず、逆に火山とかだと強い力を出せる、といった感じだ。

そして、精霊を使役して魔法を放つことのメリットには、全ての属性の魔法が使えることが挙げられる。

例えば、俺は原初魔法の『火』なんて、一番最初に失敗して前髪を焦がした時から未《いま》だマッチの火程度の火力しか出せず、戦闘には全く使えないのだが、火精霊の力を借りた場合、しっかりと攻撃能力のある火魔法を放つことが可能になる。

つまり、魔法の属性に関して、得意不得意と関係なく万能になれる訳だ。

この魔法の威力は、精霊の持つ魔力に依存する。

ただ、彼ら自体はそんなに魔力を持っていないため、目を剥《む》くような強い魔法を放つことは出来ず、もしそういう強力な魔法を放とうと思った場合は外部、つまり使役者の魔力を精霊に渡す必要があるのだが――。

「よし、名前は、そうだな……『イフリータ』。来い」

すると、この場に集った精霊達の中で、俺から魔力を受け取った火精霊が数匹集まり出し――やがてその場に、ボッ、と、ヒトの女性の形をした炎が出現する。

おぉ……初めてやったが、上手《うま》く行ったな。

出現したヒト型の炎――イフリータと命名したソイツは、初めて生み出された自身の姿を確認することもなく、ただ当然といった様子でその場にふよふよと浮いている。

このヒト型精霊は、俺の渡した魔力に対し、その量に相応《ふさわ》しいだけの数が集まることで生み出された存在である。

一番近い例えは、合体ロボだな。

あんな感じで、複数のパーツ、もとい複数の精霊が合体することにより一体の強力な力を持つ存在と化している訳だ。

今回は、火精霊に指示を出したから、火精霊だけで構成されている。

ちなみに、合体ロボ、もとい合体精霊が取ることの出来る姿は、これまた原初魔法と同じく使役者の想像と、流した魔力量によって決まる。

俺が頭の中で「これ、この姿なれる？」と聞いて、精霊が「なれるよ！」と答えたら、その姿になってくれる感じだ。

火の精霊と考えて、パッと『イフリータ』という単語が頭に浮かんでしまった辺り、我ながら大分毒されているとは思うが……まあ、わかりやすく思い浮かべやすいということは重要だからな。

今後、火精霊を合体させる時は、イフリータのイメージで行くことにしよう。

また、俺が想像している姿に対し、精霊に渡す魔力が少なかったら合体に失敗する。この辺りの

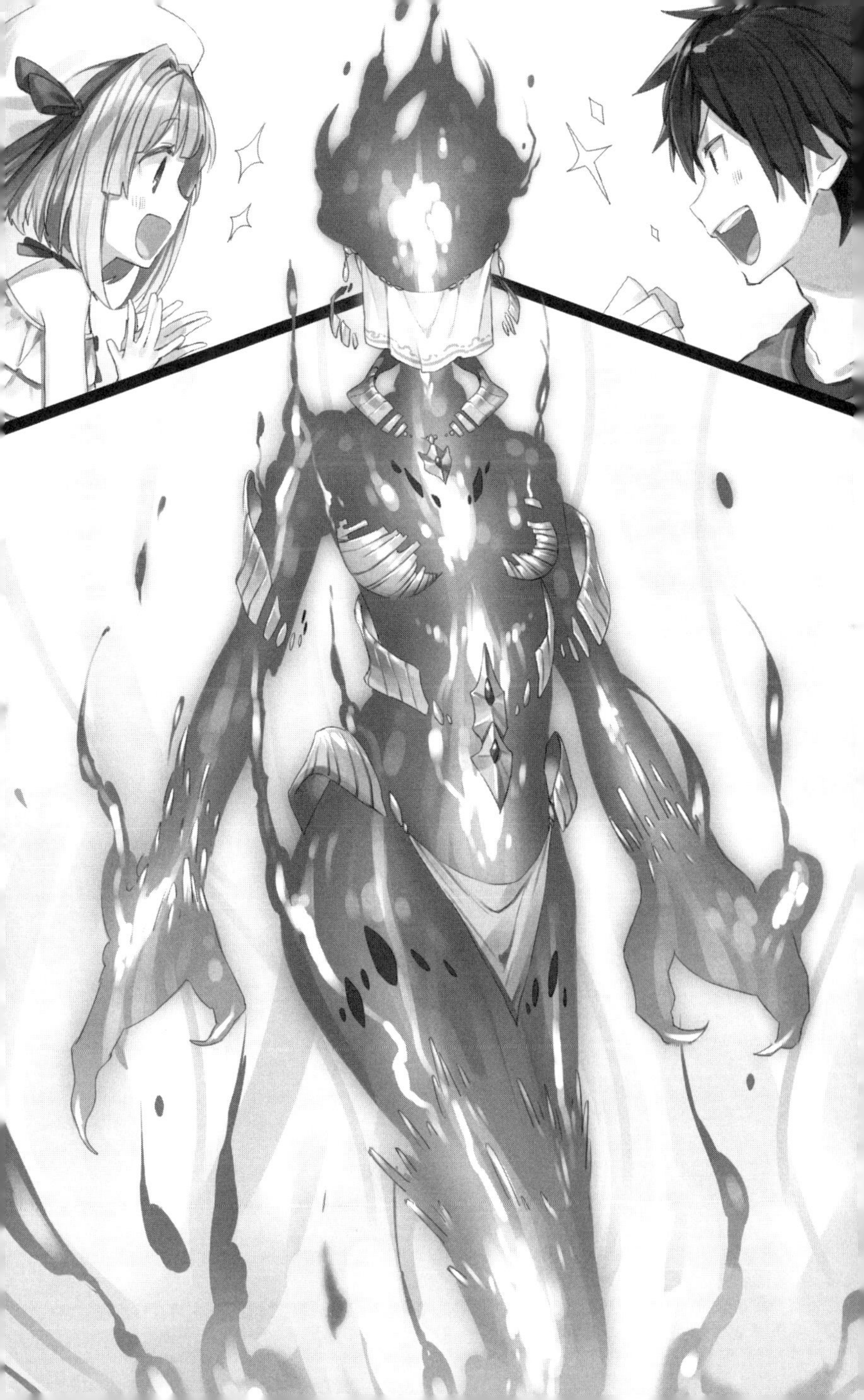

匙《さじ》加減を覚えるのが難しいとイルーナは言っていた。

精霊へと渡す魔力に全くムラがなく、思うがままに操れるようになると、最高の精霊使いと言えるのだそうだ。

イルーナの方は、精霊を合体させるのは失敗することが多いのだそうだが、この子は魔力量がまだ子供相当で精霊に渡せる魔力も少ないからな。きっと、今後大きくなれば、精霊の扱いも比例して上手くなっていくことだろう。

「イフリータ。あっちの方に向かって攻撃してみてくれ」

火の合体精霊イフリータはコクリと頷《うなず》くと、草原エリアの何もない方向に両腕を突き出し――次の瞬間、ブゥンと音を立て火の玉が物凄《ものすご》い勢いで飛んで行ったかと思うと、突如空中で炸裂《さくれつ》し、爆音が轟《とどろ》いた。

「うぉっ……ビックリした。結構な威力だな……」

「ビックリしたねー！」

あと、何だか爆《は》ぜた火がすごく綺麗だった。花火とかに良さそう。

そう褒めてやると、嬉《うれ》しそうに笑みを浮かべ、クルクルと回るイフリータ。うむ、子供みたいで可愛《かわい》いヤツらだな、精霊とは。

コイツの良いところは、自動攻撃だ。俺が指示しなくとも、目標を設定しておけば勝手に攻撃してくれる。

つまり、予《あらかじ》め数体の合体精霊を生み出しておけば、幾つもの魔法を並行して扱えるようになる訳だな。

攻撃能力は、今見た通り。自立型移動砲台と考えれば、かなりの戦力アップと言えるだろう。

ホントに、いいモンくれたわ、精霊王は。

礼を言ってから、精霊達に解散するよう告げると、彼らは「また呼んでね！」とでも言いたげな様子で空間を泳いでから、やがて空中に溶けるようにして消えて行った。

「どう、おにいちゃん。精霊さんたち、可愛いでしょ！」

「あぁ、そうだな」

ついさっきも子供みたいだと思ったが、純真、といった感じだ。

こちらの言うことを疑った様子もなく、よく聞いてくれている。

とはいっても、そもそも精霊には、意思のようなものはほとんど存在しないらしい。

あるのは、魔力を媒介にして存在する彼らにとって、その場所が過ごしやすいか、そうでないか、ということだけ。

なので、自身の生きるエネルギーとでも言うべき魔力を豊富にくれる使役者の言うことは、よく聞くのだそうだ。

元は普通の精霊だったというあの精霊王は他種族と同じように会話していたが……やはり災厄級だけあって、あのじーさんも完全に『枠の外』の存在なのだろう。

そう言えば、精霊王によってダンジョンの方も一段階進化したのだが、それに合わせて俺のステータスにも変化が現れている。

今の俺の能力値が、これだ。

名：ユキ
種族：魔王　クラス：断罪の龍魔王　レベル：152
HP：26714／26714　MP：31061／31061
筋力：3391　耐久：4290　敏捷《びんしょう》：3904　魔力：5173
器用：5594　幸運：92
スキルポイント：18
固有《ユニーク》スキル：魔力眼、言語翻訳、飛翔《ひしょう》、不屈、王者の威圧、精霊魔法
スキル：アイテムボックス、分析《アナライズ》Lv.10、体術Lv.6、原初魔法Lv.7、隠密《おんみつ》Lv.6、索敵Lv.6、
剣術Lv.5、武器錬成Lv.6、魔術付与Lv.10、罠《わな》術Lv.4、大剣術Lv.7、
偽装Lv.5、危機察知Lv.6、舞踊Lv.3、意識誘導Lv.1
称号：異世界の魔王、覇龍の飼い主、断罪者、人類の敵対者、死線を潜りし者、龍魔王、
覇龍の伴侶《はんりょ》、精霊王が認めし者
DP《ダンジョンポイント》：160840

レベルの上がり方が、以前と比べて鈍化して来ている。やはり、この辺りまで来ると、一つレベルが上がるのに時間が掛かるようになるのだろう。

と言っても俺、一年と数か月でこのレベルなので、レベルアップ自体は猛烈に早い方だろう。

だが、大してレベルが上がっていないのにもかかわらず、やはり精霊王に力を分けてもらったからか、ステータスの伸び自体は相当良い。

……いや、けど、今のステータスじゃあ、大して差がわからんのはあるな。

桁《けた》が増えて、大分感覚がマヒして来ている自覚はあるのだが……ま、どっちにしろ、レフィにはまだまだ程遠い。

アイツに比べれば全ては微々たるもの。そのことを考えれば、今のところ能力値はどうでもいい。

固有スキルは一つ増え、『精霊魔法』。さっきのヤツだ。固有スキルが増えると嬉しくなる。

通常スキルも、ネルがいた時に回させたガチャの景品、『意識誘導』スキルが増えている。コイツも早く試してみたい。

称号も一つ増え、『精霊王が認めし者』というのが新しく欄にプラスされていた。精霊を扱える力も貰《もら》ったし、認めてはくれているのだろう。

「さて、一通り精霊魔法の扱い方も、能力の確認も終わったし……」

新しく能力が増えたら、やることは何か？

――魔物狩りだ！

◇　◇　◇

「――よし、いいぞお前ら！　そのまま囲んどけ！」

俺の指示に従い、ペットどもが距離を取って周囲を囲む。

俺達の前にいるのは、ゴツくトゲトゲした甲殻を、まるで人間が防具を身につけるように全身に纏《まと》っている——熊。

コイツの名前は、『パンツァーウルス』。

俺の背丈の二倍程はあるが、魔境の森の魔物はコイツよりデカいヤツが腐る程いるので、ここだと標準サイズである。

やはり、デカいは強いなのだろう。いや、小さくて強いもいっぱいいるんだけどね、この森。

西エリアの魔物の中ではコイツもまだ下から数えた方が早いくらいのステータスなのだが、ただ当たり前のように強いので、油断したら普通に死ぬ相手である。

熊君は、自身を囲む俺のペットどもが気になるらしく、しきりにキョロキョロと警戒の視線を送っているが……お前の相手は、俺だ。

「ゆっくり休んでいたところを悪いな、熊君。運が悪かったと思って諦《あきら》めてくれ。——さあ来い、『レヴィアタン』‼」

その叫びに呼応し、俺から大量の魔力を受け取った数多《あまた》の精霊達が一か所に集まり始め——やがて現れたのは、一体の巨大な、魚を思わせるヒレや鱗《うろこ》を持った、『龍』。

いつも俺が使う水龍と同じく、ヘビのような身体《からだ》、いわゆる東洋龍の形状をしているが……コイツは今までの水龍とは比べ物にならない程大きく、そして水色一色ではなく多彩な色が付いている。

より、龍に近い姿をしていると言えるだろう。

「フーハハハッ‼　これが俺の本気、超絶精霊合体『レヴィアタン』だぁッ‼」

説明しよう！　『超絶精霊合体』とは、数多の精霊が集合し、そこに惜しみない魔王の魔力を注ぐことで、複合属性の強大な力を持つ合体精霊を生み出す技である‼

やはり俺は、『水』との親和性が高いらしく、水の精霊がよく懐いてくれて他の精霊よりも多くの魔力を渡すことが出来たため、基本的な属性は『水』。

だが、火の精霊から始まり、土の精霊、風の精霊、闇《やみ》の精霊など、数種の精霊達が合体しているために使える魔法が水魔法だけにとどまらず、コイツ一体で数多の攻撃を放つことが可能なのだ‼

おかげで、俺の魔力を半分も持って行ったけどな‼

「クックック、どうだ、見たか獣畜生！　この偉大なる姿に恐れをなすがいい――っておわぁ⁉」

俺がこの合体精霊の使役者であると理解しているらしく、喋《しゃべ》っている途中で態とは思えない機敏な動きで攻撃して来たので、慌てて距離を取って回避。

少し前まで俺が立っていた地面が、熊野郎のパンチを食らい、大きく砕け散る。

「テメッ、この、口上唱えてる途中で攻撃すんのはズルいぞ‼」

当然ズルくも何もなく、テンション上がった俺がアホなことを言っている隙に攻撃するのは当たり前と言えば当たり前なのだが……半ば逆切れの様相で声を荒らげた俺は、腐ったデカい兵士を率い、襲い来る蟲《むし》どもをビームで一薙《ひとな》ぎにさせた、どこかの国のお姫様のような恰好《かっこう》で合体精霊に指示を出す。

「薙ぎ払え！」

レフィが放つ『龍の咆哮《ほうこう》』程の威力は流石《さすが》に出ないが――レヴィアタンから放たれるのは、地形を変える程の威力を持つブレス。

さながら怪獣映画の悪役怪獣染みた様子で周囲を破壊しながらブレスを連発し、さらにはその巨体で存分に暴れて木々を薙ぎ倒し、熊野郎に向かって超重量級の攻撃を仕掛け続ける。

攻撃の連打、連打、連打である。

だが、相手もまた西エリアの魔物。

一発食らったようで、左腕が吹き飛んでいるが、実質的なヒットはそれだけ。他は掠《かす》り傷だけだ。なお止《や》まぬ闘志を見せ、レヴィアタンに向かって噛《か》み付いたり、ぶっとい筋肉の腕で反撃していやがるが――俺の存在が見えていない。

「エンッ‼」

『ん！』

ヤツの背後に回り込んだ俺は、エンを頭上からその首目掛け、振り下ろす。

ことここに及んで、気配でも感じ取ったのかようやくこちらの存在に気が付いた熊野郎が、流石の反射神経で回避しようとするが、もう遅い。

刀身が鎧《よろい》の皮膚と接触したところで一瞬抵抗を感じたが、しかしそのまま無理やり力を込めることで刃《やいば》が通り、ブシュ、と血を爆《は》ぜさせながら首を斬り落とす。

頭部を無くした胴体は、ズゥン、と地に倒れ、そして動かなくなった。

「ＨＰもゼロ……よしよし、いい感じだ」

倒した魔物を前に、ビュッと振ってエンにこびり付いた血糊《ちのり》を落とし、俺は満足とともに一つ頷いた。

――西エリアの魔物というのは、伊達《だて》じゃない。

幾つもの同時攻撃をしても、その中に不可視の攻撃を混ぜてみても、しっかりと察知するし、全てを避けて反撃さえしてくる。

にもかかわらず、熊野郎があの世行きになる直前まで俺の存在に気が付いていなかったのは――『隠密』スキルと、つい最近新たに得た『意識誘導』スキルの両方が上手《うま》く作用してくれたからだろう。

意識誘導スキルで熊野郎の意識を一瞬俺から逸《そ》らさせ、その隙に隠密スキルを発動し、忍び寄る。

今回の場合、注目対象となるレヴィアタンがおり、熊野郎の意識の多くがそっちに向いていたため、スキルレベルが『1』の意識誘導スキルでも上手く作用し、俺の存在をヤツの意識からシャットアウトすることに成功したようである。

フフフ、これで俺は、この異世界にて『NINJA』へとより近付いた訳だ。

異世界人どもに、忍術の恐怖を植え付け、「アイエエエエ、ニンジャ!? ニンジャナンデ!?」と言わせる日も近いだろう……。

「と……あー、全部が全部上手く行く訳じゃねーか」

俺の総魔力の半分を持って行ったレヴィアタンだったが、あの巨体を保つだけでも相当な魔力を消費しているのだろう。

見ると、今の一戦だけで俺の渡した魔力が切れてしまったらしく、合体を維持出来なくなりそれぞれの精霊へと戻ってしまっていた。

強力なのは間違いなさそうだが……ちょっとピーキーだな、この使い方は。派手で好みではあるんだが、燃費が悪過ぎる。

一体相手に戦うならまだしも、魔境の森で連戦することを考えると、使い方は考えなければならないだろう。サイズダウンさせるとかな。

ま、切り札が一つ増えたとして、喜ぶとしよう。強力な手札であることは間違いないし。

「んじゃ、次の魔物に――って、あ？　お前……ちょっと変わったか？」

俺の視線の先にいるのは、我がペットの一匹である、赤い血のような体色の巨大蛇、オロチ。

俺の言葉にオロチは、「あ、気付いてなかったんですね」とでも言いたそうな顔で苦笑を浮かべている。

苦笑っつっても、蛇だからほぼ顔の変化はないんだけど。

「――って、オロチお前、種族進化しとるやんけ！」

今気が付いた。

以前は『ジャイアント・ブラッド・サーペント』という種族だったはずなのだが、今見ると『クリムゾン・イービル・サーペントキング』という種族に変わっている。

種族進化だ。

ステータスを見ても、スキルなどは増えておらずスキルレベルが上がっている程度のようだが、能力値が相当伸びていやがる。

た、確かに、身体にトサカみたいなトゲみたいなのが増えていたし、体色の血のような赤色が何だか濃くなっているような気はしていたのだが……いつの間に。

ペット連中は基本的にリルに任せて放置していたから、気が付かなかった。

「クゥ……」

「い、いや、確かにトサカ生えてんのは見えてたけど、その、お洒落《しゃれ》でもしたい年頃なのかと……」

リルが「そんな訳ないでしょう……」とでも言いたげに、ヤレヤレと首を左右に振る。

だ、だって、魔境の森の魔物って割と簡単に擬態したり、姿変化させたり出来るじゃん……だからオロチも、トサカくらい気合入れれば生やせるのかなって思って……。

「コホン……そ、そうか、いいな、カッコいい姿じゃねーか、オロチ。んで、今んところ……種族進化はコイツだけか」

誤魔化《ごまか》すようにポンポンとオロチの身体を撫《な》でてそう言いながら、寄って来た周囲の別のペット達、ヤタ、ビャク、セイミの方のステータスを確認する。

成長してはいるが、種族進化を果たしているのはオロチだけのようだ。

まあ、オロチはメインタンクとして正面切って戦闘するのが仕事なので、他の三匹と比べると、レベルが上がりやすいというのがあるのだろう。

ただ、リル曰《いわ》く、もう少しで皆種族進化を果たすだろうとのこと。

嬉《うれ》しいね、その時が来たら四匹とも祝ってやるとしよう。

「いいぞ、その調子でお前ら、魔王に相応《ふさわ》しい禍々《まがまが》しくて強い眷属《けんぞく》に進化していってくれよ！」

――それからしばし魔物狩りに励み、空が暗くなり始めたところで俺は家に帰り……。

「ユキ……お主もいい大人なんじゃから、童女どもと遊んできた訳でもないのに泥だらけで帰って来るのはどうなんじゃ？」

「へい、ごめんなさい」

全身泥だらけの俺を見て、呆《あき》れた表情を浮かべるレフィに、大人しく謝る。

少し前から、レフィは普通に家事を手伝うようになっているので、何も言えない俺である。

「け、けど、ほら、ある程度は仕方ないだろ？　魔境の森の魔物どもとぶっ殺し合いをしてきた結果なんだし……」

「それはわかってはおるんじゃがな。ただ、自身の旦那《だんな》が帰って来た、という時に、こう……幼子と同じように泥だらけにしている様子を見ると、何とも言えん気分になるんじゃ」

一つ苦笑を溢《こぼ》してから、彼女は言葉を続ける。

「ま、とりあえずユキ、お主は風呂《ふろ》に入って来い」

「あい。――ん、エン、行くか」

擬人化し、自分も風呂に連れて行けという意思を言外に示すエンを連れ、着替えを持って旅館の方に向かおうとすると、ふとレフィが再度声を掛けて来る。

「……そうじゃ、今日は儂《わし》がお主の背中を流してやろうか」

「えっ、な、何だよ、急に」

若干狼狽《うろた》えながら、そう言葉を返す。

コイツと一緒に風呂に入るのは、ままあることではあるのだが……「背中を流せ」と言うことはあっても、「背中を流してやる」なんて言い出したのは、初めてだ。

「いや何、晩飯までには少し時間があるようなのでな。それに、多少疲れておるようじゃし、労《ねぎら》ってやろうかと思っての」

「そうか、ありがとう。本音は？」

「珍しい菓子が食いたい」

うん、いつものお前で安心した。

風呂、出た後でな。

◇　◇　◇

――草原エリアにて。

「行くぞッ、レフィィイ‼」

「来い、ユキっっ‼」

大きく構えを取った俺は、雄叫《おたけ》びと共に、グオンと魔王の膂力《りょりょく》全開で腕を振り被《かぶ》る。

ムチのようにしなる、その我が腕《かいな》から放たれたのは――ボール。

まるでレーザー染みた勢いで放たれるその球を前に、レフィはカッと目を見開き――。

「ここじゃあっ！」

両手で握ったバットを、豪快にスイングした。

空を切り裂く、という言葉がピッタリ来るような、というか割とマジで真空波でも飛び出してんじゃないかと思わんばかりの勢いで振られたバットは……しかし、明後日《あさって》の方向である。

タイミングも振った位置もボールとてんで合っておらず、いっそ見事と言いたくなるような空振りだ。

「な、何⁉ わ、儂のこの眼《め》を以《もっ》てして、完璧《かんぺき》に捉《とら》えておったのに……‼」

「プフーッ、おいおい、レフィさんよ。『ここじゃあっ！』とか言っておいて、全く掠りもしてなかったっすよ？」

「う、うるさいわ！」

若干顔を赤くして、声を荒らげるレフィ。

確かに、お前の眼があれば、向かって来るボールの縫い目までしっかり見えることだろう。それが、大きな強みであることは間違いない。

だがなァ、ボールが見えるからといってバットに当てられるか、と言ったら、それは別問題なんだよォッ！

「全く、威勢だけは随分とご立派なことですねぇ？」

「ぐ、ぐぬぬ……腹の立つ顔をしよってからに……！」

球拾い係のリルが咥《くわ》えて持って帰って来たボールを受け取り、にやにやしながらレフィを煽《あお》る俺。

ちなみにそのリルは色々と言いたげな顔をしているが、揺れる尻尾《しっぽ》を見る限り、飛んでくボールを追い掛けるのはまんざらでもないことはわかっているので、何も問題ない。

いやぁ、それにしても、暇だからとレフィを誘って野球をしているのだが、コイツの悔しがっている顔を見ると気分がいいな！

「フン、まだ一球じゃ！　『野球』というものは三度《みたび》空振るまでが勝負なんじゃろう？」

「まあ、そうだ。ボール判定はお前じゃ出来ないだろうから、俺がしてやる」

と言っても、野球やってた訳じゃないから正確な判定は出来ないだろうけど。

俺も投げられるのはど真ん中だけで、コースを投げ分けるなんて器用な真似《まね》は無理なので、際どいヤツはやり直しでいいだろう。

「おねえちゃん、頑張ってー！」

「がんばってー！」

この勝負の見物客であるイルーナとシィが歓声をあげ、声は出さないもののレイス娘達が憑依《ひょうい》した人形の両手を天に掲げて応援に参加している。

いつもならここにエンも加わるのだが、彼女はレイラと将棋がしたかったらしく、真・玉座の間に残っているため今回はいない。

「見ておれ、童女ども！　儂がこの阿呆《あほう》のにやけ面を、吠《ほ》え面《づら》に変えてやるからの！」

「ほう、言ったな！　楽しみにしてるぜ！」

そうして俺は、投球フォームに入り、渾身《こんしん》の力を込めて二投目を放つ。

今の俺、確実に歴代のメジャーリーガーよりも速い球を投げていることだろう。

レフィは、くわと目を見開いてボールを凝視し、そして今度は先程と違って良いタイミングでバットを振り――危機察知スキルに反応ッ！

「ぬおおおっ⁉」

快音を放ち、レフィのバットがボールを打ち返す。

その向かう先は、真っすぐ俺の顔面。

スキルが反応してくれたおかげで、何とかギリギリ、本当にすんでのところで身体《からだ》の反応が間に合った俺は、ものすんごい勢いで飛んで来たボールを顔のすぐ前でキャッチ。

掌《てのひら》に伝わる、大砲の弾でも受け止めたんじゃないかと錯覚する程の、非常に重い衝撃。

ミットに収めたのにもかかわらず押し切られそうになり、慌てて両足で本気で踏ん張ることにより、どうにかボールの勢いを消すことに成功する。

「ぬっ……！　確か、捕られては『あうと』で負けなんじゃったか……？」

「……あ、あぁ……そうだ。俺の勝ちだな」

悔しそうに「ぬがああ！」と吠えるレフィに、俺は内心のドキドキを隠しながら、頷《うなず》く。

――こ、こえええ‼

じょ、冗談抜きで死ぬかと思った。

コイツの今のピッチャー返し、キャッチ出来てなかったら俺の脳みそ、爆《は》ぜてたんじゃないか？

……あり得る。見ると、ミットもボールの形に焼け焦げてやがる。

多分、今の球を十発もキャッチしたら穴開くぞ、これ。

「……お前のピッチャー返し、死人が出るな……」

俺は、自身のミットの具合に冷や汗を掻《か》きながら、ポツリと呟《つぶや》いた。

「ぴっちゃー返し？」

「ピッチャー……投手に向かってボールを打ち返すことだ」

「ほう。ま、安心せい。仮にお主の頭蓋《ずがい》をかち割っても、儂が完璧に治療して、元通りにしてやる故な」

「いや、それ全然安心出来ないんですけど⁉」

じゃあ何も問題ないな！　と言える程俺の肝は太くないです。

ただ遊んでいるだけで死の危険に直面するのは、流石《さすが》に勘弁願いたいところである。

……というかコイツ、さらっと二球目でバットに当てて来やがったな。しかも正確に。

恐ろしい……これが覇龍の力、ということか。

「それより、もう一回、もう一回じゃ！　儂は今、初めてこの野球なるものをやっておるんじゃ。その辺り、ちとばかり考慮しても良いのではないか？」

「も、勿論《もちろん》いいぜ。俺は心が広いからな。それにどうせ、何度やっても勝つのは俺だし？」

「言っておれ！　今、良い感じであったからな。次こそは打つ！」

余裕綽々《よゆうしやくしやく》といった様子でレフィに言葉を返す俺だったが……マズい。

実際、そんな余裕はない。

二球目にして、ボールを打ち返すまでに至ったレフィのことだ。

今度は芯《しん》で確実に捉え、ホームランを打つかもしれん。

……よ、よし。

お遊びのつもりで用意しておいた秘密兵器を、今こそ取り出す時か。

レフィの脅威にツー、と冷や汗を掻きながらも、ニヤリと笑みを浮かべた俺は、ボールを構えた状態で先程よりも少し長い間を取り……そして投球モーションに入ると、三投目を投げた。

自分でもビックリする程の速度が出ているボールは、ストライクゾーンど真ん中。

だがレフィは、もはや完全にコツを掴《つか》んだようで、狙《ねら》いを定めジャストミートというタイミングでバットを振り――。

「ぬっ……!? な、何じゃ!?」

――直前でボールが、不自然な曲がり方をし、レフィのバットが空を切った。

「ど、どういうことじゃ！ 今のは、完璧に捉えておったはずじゃぞ……!?」

「クックック……ハーッハッハ！ どうだ、見たかレフィ！ これが俺の本気、俺の魔球!! 『我が覇道を阻む者無し』だァッ!!」

「わ、我が覇道を阻む者無し……っ!?」

ビシィ、と指を突き付けた俺に、愕然《がくぜん》とした表情を浮かべるレフィ。

俺、コイツのこういうところ、愛してる。

――当然ながら、俺は変化球など投げられない。そんな才能はない。直球だけである。

ならば何故《なぜ》、今のボールの軌道が変化したのかと言うと――このボールが、仕込みボールであるためだ。

内部に鉛が仕込まれ、投げると俺にも予測出来ない不規則な変化をし、打者も投手自身をも惑わす球となる。

先程構えている間に、掌に収まるよう口を小さくしたアイテムボックスを開き、通常ボールはしまって代わりにこの仕込みボールを取り出していたのだ。

クックックッ、野球素人《しろうと》のレフィは、このカラクリに気付くはずがない。これ即《すなわ》ち、完全犯罪。

イカサマはなァ、バレなければいいんだよォ!!

「さぁ、レフィ！　お前に、この俺のボールが破れるか!!」

このイカサマが、破れるか!!

「……いいじゃろう、破ってみせよう!!　これこそが勝負の醍醐味《だいごみ》、世界の頂点に立つこの覇龍の力を以て、お主の力に打ち克《か》ってみせる!!」

「フッ、流石は俺の嫁！　その覚悟、しかと受け取った!!　我が全霊にて、相手をしてやるッ!!」

カッコいいことを言いつつ、ネタを明かせばただの仕込みボールなのだが……完全にそのことに目を瞑《つぶ》っている俺は、投球モーションに入る。

「うおるるぁぁぁあああああ!!　食らえ、レフィィィイイイイッッ!!」

「来るがよい、ユキィィィイイッッ‼」

そして、しなる腕が振り切られ、俺の指の先からボールが放たれる。

先程はレフィの手元で変化したボールだったが、今度は俺の手元を離れた瞬間からブレブレになり、もはやその軌道は何者にも予想出来ないだろう。

幾つもに分裂したかのようにすら見える我が魔球（仕込み）は、そのままレフィの手元まで伸びて行き――。

「‼　見切ったぁぁっ‼」

「んなっ、何ぃぃぃ⁉」

まるでコースが定まっていないボールを、レフィは見事バットに当て、かっ飛ばす。

しかも、またもやピッチャー返し。

顔面に向かって飛んで来たボールを、危機察知スキルのおかげで再度キャッチには成功するも――今度のボールは、鉛入り。

先程よりも重いせいで、完全に捕らえることが出来ず押し切られ、ミットから抜け出たボールが俺の頬《ほお》にぶち当たる。

「ブフゥッッ⁉」

「あ」

そのあまりのボールの重さに俺の身体が宙に浮き、軽く後ろに吹き飛んで頭から地面に激突する。

「わ、我が魔球、破れ、たり……」

そして、慌てて駆け寄ってくるレフィの姿を最後に、俺の意識は暗転した。

――やっぱりイカサマは、しちゃダメだね！

◇　◇　◇

「……ぅ……」

「お。起きたか、ユキ」

軽く頭を振りながら、身体を起こす。

と、まず視界に映ったのは、俺の隣に座っているレフィ。

「ここは……ダンジョンか。あぁ、お前が運んでくれたのか？」

覚えているのは、レフィのボールを顔面でキャッチしたところまで。

だが、こうして布団に寝かされている以上、誰かがここまで運んでくれたということだ。

「ま、途中まではリルじゃがな」

肩を竦《すく》めてそう答えるレフィ。

ということは、途中からはレフィが運んでくれたのか。

「そうか……ならまあ、サンキューな。治療もしてくれたようだし」

自身の頬を触ってみるが、何の痛みもなければ腫《は》れた様子もない。

あの打球を受けた以上、いくら強靭《きょうじん》な魔王の肉体と言えど無傷で済む訳がないので、まず間違いなくレフィが治してくれたのだろう。

……全く、本当に世話になるとはな。

「儂《わし》の球を受けての結果じゃしな。それくらいはしてやる。――それより、今のところ一勝一敗じゃったな」

「えっ」

間の抜けた声を俺が漏らすと、我が嫁さんはニヤリと笑みを浮かべて言葉を続ける。

「お主が取って、儂が打って、それで今のところ五分じゃろう？　次は投手と打者を交代して、儂が投げる方を――」

「俺の負けですごめんなさい」

布団の上で、華麗な土下座を決め込む俺が、そこにいた。

レフィはからからと笑うと、ポンと膝《ひざ》を叩《たた》いて立ち上がり、俺の頭をくしゃくしゃ撫《な》でる。

「ならば、勝者の権利として、今日は酌でもしてもらおうかの」

「へへぇ、仰せの通りに。是非ともお酌させていただきやすよ、旦那《だんな》ァ」

「いや、儂に向かって旦那は色々と違くないか？」

小悪党染みた所作で揉《も》み手《で》をする俺に、レフィは苦笑を浮かべた。

それから、幼女達が寝静まった後。

「ほれ、ユキ！　次を酌むんじゃ！」

「わ、わかったわかった、ほら」

「うわぁ……レフィ様、ぐでんぐでんっすねぇ……」

俺の腕を引っ張るレフィに酌をしてやっていると、隣で俺達の様子を見ているリューが、若干呆《あき》れ気味の笑いを浮かべる。

「コイツ、酔いが覚めるのは早いけど、そこまで酒に強い訳じゃねーんだよな」

「あはは……可愛《かわい》いっすけどね」

「リュー、お主もにょめ！」

「はいはい、飲んでるっすよ、レフィ様――あれ、レフィ様？」

「………んぅ」

「……寝てますね」

「寝てるな」

今の今まで普通――いや酔ってはいたが会話出来ていたのに、一瞬で寝落ちして、俺の膝を枕に寝息を立ててやがる。

その彼女の様子に、互いに顔を見合わせ、小さく笑う俺とリュー。

「それにしても、お前酒強いんだな」

「あんまり飲む機会も無かったから知らなかったっすけど、そうみたいっす。ご主人もかなり強いっすよね」

「いや、割と限界だぞ。早めにコイツが潰《つぶ》れてくれて助かったぜ」

レフィに付き合わされ、リューもかなり飲んでいるのだが、一向に酔う気配がない。ケロリとしている。

対して俺は、レフィよりはマシだが、自分でも大分酔いが回って来ていることがわかる。

今までの調子でレフィに飲まされ続けていたら、近い内記憶が無くなっていたことだろう。

「――あ！　ふぅ……飲み過ぎてちょっと熱くなって来ちゃったっす」

そう言って突然、リューはわざとらしくメイド服を軽くはだけさせ、手で顔を扇《あお》ぎ始める。

「……あの、リューさん、今更ながらそんなベタベタな酔う演技をされても困ります」

「フフフ、どうっすか？　グッと来るっすか？」

「いや、全然似合ってなくて滑稽《こっけい》に見える」

「滑稽⁉」

俺の言葉に、愕然とした表情を浮かべるリュー。

「そ、そんなことないっすよね？　ほ、ほら、ご主人、男の人が大好きな谷間っすよ、谷間」

俺があんまり反応しなかったことが悔しかったのか、彼女はさらに胸元のボタンを外し、俺にしなだれ掛かってくる。

「谷間つっても、レイラがやるならともかく、お前ほとんど谷間出来ねーじゃん」

「結構ゲスいことをサラリと言われた⁉」

リューさん、はっきり言って、色気がちょっと足りないし。

と、流石に怒ったのか、「むー！」とポコポコ殴ってくるリューに、俺は「ハハハ、冗談だ」と笑いながら彼女をいなす。

「ぬ、ぬぐぐ……全く、失礼しちゃうっす！　う、ウチだってちょっとくらいは谷間あるっす！　というか、こんな可愛い可愛いお嫁さんが、こうして頑張って誘惑しているというのに、ご主人と来たら！」

「愛情表現さ。お前はからかい甲斐《がい》のあるヤツだからな」

「……ま、いいっす！　ご主人が天邪鬼《あまのじゃく》さんだってことは知ってるっすから。寛大な心を持つウチは、失礼なご主人も許してあげるっす」

「そりゃ嬉《うれ》しいね。ありがとよ」

笑って頭をポンポンと撫でてやると、リューは満足そうにピコピコ耳を動かし、ブンと尻尾《しっぽ》を振って、俺に身体を預けて来る。わかりやすくて可愛いヤツだ。

ちなみに、ここにはレイラもいるのだが、彼女は俺達の前でニコニコ顔のままマイペースに酒を飲んでいる。

コイツも酒強いのか、と思ったが、よく見ると白い頬がいつもより赤くなっている。

酔っていないという訳では無さそうだ――って。

「……あの、レイラさん？　いつの間にそんなに？」

「はいー？　どうかしましたかー？」

何だか、いつもより語尾を伸ばしながら、トロンとした目つきで答えるレイラ。ちょっとエロい。

レフィの対応とリューをからかうのとで気付かなかったが、彼女の周りに転がっているワイン瓶の量が、いつの間にかものすんごいことになっている。

大体、俺達と比べて一対二くらいの差だ。

あれ、一人での量だろ……？

「お、おい、流石に飲み過ぎなんじゃないか？　大丈夫か？」

「えぇ、大丈夫です、大丈夫ですよー」

ニコニコしながらそう言ったレイラは――そのまま突然、バタリと後ろに倒れた。

「レ、レイラ⁉」

一瞬焦る俺だったが、彼女がレフィと同じく小さく寝息を立てていることにすぐに気が付き、苦笑を浮かべる。

……やっぱり、あんまり大丈夫じゃなかったらしい。

「……今、頭から行ったけど、痛くねーのかな」

「多分、痛覚も麻痺《まひ》してるんじゃないっすか？」

そうみたいですね。

それで翌日になって「あれ？　何だか知らない間にアザが出来てる……」と不思議に思うのだ。

「レイラも、いい感じに気が抜けてきて、隙が多くなってきたっすねぇ。ご主人、レイラのおっぱい揉むなら、今っすよ」

「揉まんわ」

コイツはいったい、俺を何だと思ってやがるんだ。

「え、だって、レイラの谷間がどうって言ってたじゃないっすか」

「いや、それは比較対象として出しただけで……それに俺、どちらかと言うと太ももの方が好きだし」

「じゃあ、レイラの太もも揉むっすか？」

「……揉みません」

「あ、今どうしようかちょっと悩んだっすね」

「う、うるせ」

仕方ないでしょう、レイラさん、このダンジョンで一番スタイルいいし……そりゃ、男ならグラッと来ますよ。

リューは、その俺の様子に楽しそうに笑うと、しかし少しだけ寂しそうに言葉を続ける。

「……ここに、ネルもいたら良かったんすけどねぇ」

「そうだなぁ……あ」

「？　どうしたっすか？」

突然声をあげた俺に、リューが不思議そうに首を傾《かし》げる。

「そう言えば、ネルに『通信玉・改』を渡してたんだった」

忘れてた、その気になればすぐネルの声が聞けるんだ。

そのことを思い出した俺は、レフィをゆっくりと膝から下ろして立ち上がり、連絡があった時のことを考えてアイテムボックスの中ではなく俺の作業机に置いておいた『通信玉・改』をさっそく持ってくる。

「これ、何すか？」

「これはケータイ……じゃ通じねーか。コイツに魔力を流し込んで起動することで、遠方の相手と会話することが出来るようになるんだ。つまり、ネルと会話が出来る」

「えっ、すごい便利じゃないっすか！」

「けど、魔力消費が大きくてな。多分、お前が使うと一分くらいで魔力が空になるぞ」

「……それ、使い物になるんすか？」

「ま、今回は送受信してるのが魔王と勇者だから、一時間くらいなら大丈夫だと思うぜ」

リューに軽く仕様の説明をしながら、俺は通信玉・改に魔力を流し込み、起動する。

「もしもーし、こんばんはー」

『ひゃぁっ!?　な、何!?』

「お！　繋《つな》がった。よぉ、ネル。今大丈夫か？」

『あ、う、うん、大丈夫だけど……おにーさん？』

水晶の向こうから聞こえて来る、おっかなびっくりな様子のネルの声。

「はい、おにーさんですよ。お元気ですか、ネルさん」

『そっか、この水晶の効果だったね……うん、元気だよ。お風呂《ふろ》になかなか入れないのが、ちょっと辛《つら》いと思ってるところだけど』

ああ、風呂は時折しか入れないって言ってたもんな。

風呂好きらしいネルには、結構辛いものがあるのだろう。

『それで、どうしたの、おにーさん。何か困ったことでも……？』

「いや、特に何がある訳でもないんだがな。こっちでお前の話になってさ、声が聞きたいなって思ってよ」

「ネル、元気っすか！　しっかり食べて寝てるっすか！」

『その声は……リューだね。フフ、うん、レイラの料理が恋しくはあるけど、しっかり食べてるよ』

「バランス考えて食べないとダメっすからね！　魅力的な女になるには、日々の積み重ねが重要なんすから！」

『そうだね、気を付けるよ。リューの方も、気を付けてね？　レフィと一緒になって、お菓子いっぱい食べちゃダメだよ？　あの子、僕達と身体《からだ》の構造が違うみたいだから、同じくらい食べてると一気に太っちゃうからね？』

「ウッ……も、勿論《もちろん》わかってるっす」

サッと通信玉・改から視線を逸《そ》らしながら、そう言うリュー。

うん、君、レフィと一緒になって菓子をよく食ってるもんね。

レフィはアホみたいにバカスカ食っても太らないから、俺の膝元《ひざもと》でグースカ寝てるコイツに釣られて食っていると、あっちゅう間に太ることだろう。

いや、まあ、レフィが食い過ぎそうになった時は、幼女達が真似《まね》するからやめろと注意して止めるので、アホ程菓子を食うことはないのだが。

「そ、それより！　ネル、そっちで何か、面白い話とかないっすか？」

『え、うーん……怪人下着ドロボーを逮捕した時の話とか？』

「……それは、もはや怪人でも何でもないのでは？」

「ただの下着ドロじゃないんすか？」

私もそう思います。

『いや、それが違くてね？　最初はただの変態の仕業として捜査されてたんだけど、だんだんそんな単純な話じゃなくて、犯人が盗んだ下着を使って魔法陣を生成しようとしていることがわかって――』

下着を使った魔法陣って何やねん。

そして俺達は、離れた地にいるネルと談笑し、夜を過ごす――。

◇　◇　◇

「？　どうした、ネル。機嫌が良さそうだな」

アーリシア王国王都『アルシル』に存在する聖堂の中、隣を歩きながら不思議そうに見て来る女騎士の上司に対し、ニコニコ顔でネルは答える。

「はい、昨日《きのう》の夜、嬉しいことがありまして」

「ほう？　恋人と愛でも語らったか？」

「えっ……な、何でわかったんですか⁉」

「……いや、冗談のつもりだったんだがな」

かぁっと頬を赤らめる勇者の少女に、苦笑を溢す上司――カロッタ。

と、女騎士はコホンと一つ咳払《せきばら》いをしてから、言葉を続ける。

「しかしネル。嬉しいのはわかるが、今から行われるのは大事な作戦会議だ。気を引き締めてもらわねば困る」

「は、はい！」

キリッと表情を切り替えて返事をする少女に、カロッタはコクリと頷《うなず》く。

「よし。では、すぐに会議室に向かうぞ。もう、他の者どもも揃《そろ》っている頃《ころ》だろう――」


――十数人の騎士達が集う会議室。

「全員揃ったな。これより、任務の説明を始める！」

その彼らの前に立つ議長役のカロッタは、彼女の部下――聖騎士達に向かって、朗々と声を張り上げた。

「今回我々に与えられた任務は、沿岸地域を脅かす迷宮の踏破――魔王の討伐だ」

彼女の言葉に、話を聞いていたネルの心臓が一瞬ドキリと跳ね上がるが……自身の上司が、『沿岸地域』と言ったことに思い至り、ホッと胸を撫《な》で下《お》ろす。

――おにーさんのダンジョンは、全然海辺じゃないもんね。

「沿岸地域というと、ローヌ地方でしょうか？」

聖騎士の一人の言葉に、カロッタは頷く。

「そうだ。ローヌ地方の、ポーザ港から四時間の場所に存在する迷宮へ潜ることになる」

「四時間……？　相当近いですね。何故《なぜ》今まで討伐されなかったので？」

「いや、今までは冒険者連中が担当して攻略に動いていたようだ。だが、まだ魔王討伐にまでは達していないということだな」

「へぇ……攻略が進んでいるなら、あんまり問題もなさそうですが、そんな案件が何故ウチにまで回って来たんで？　しかもダンジョン攻略なんて」

また、別の聖騎士から投げ掛けられる疑問。

聖騎士の仕事は、教区の治安維持や軍と協力しての犯罪者の逮捕、要人の警護などが中心であり、担当している街の外まで出張してのダンジョン攻略など、滅多にあることではない。

そんな、管轄外とも言うべき仕事が回されて来たということは――つまり、そこにはそれなりの事情が存在するということである。

「あぁ、どうも魔王討伐に向かった冒険者達が失敗して戻って来たようでな。魔王は脅威であるため、早めに討伐する必要があるが、他の実力ある冒険者は、タイミングが悪くそちらまで手が回らないらしい。故に、比較的軍よりも自由が利き、個々でそれなりに実力を持っている聖騎士の我々に白羽の矢が立った――というところまでが、表向きの理由だ」

そこでカロッタは一度言葉を切り、つまらなそうな表情で言葉を続ける。

「以前、我々の手で、枢機卿《すうききょう》を二人捕縛しただろう？　枢機卿という、ほぼ教会のトップのところでいざこざがあった事実が民の耳目に触れ、不信感を持たれている。これを解消するために、教会には民を守る力があると上は誇示したいらしい。要するに、政治だ」

フンと鼻を鳴らすカロッタ。

「くだらん要請をするなと尻《しり》を蹴飛《けと》ばしてやりたいところだが……我々が阿呆《あほう》を捕らえたことが原因であるのも確かな事実。しっかりその後始末までをやるのが、ちゃんとした大人というものだ。我々は、政治闘争に夢中で自らの責務すら果たせんどこかの老人どもとは違う、良識ある大人であるということを示さねばならん」

彼女の皮肉めいた言葉に、会議室から笑いが漏れる。

「そういう訳だ。我々はこれから、迷宮に潜るための準備を始める。——が、一つ、問題がある」

笑い声をあげていた聖騎士達が、続くカロッタの言葉を聞くためにすぐに口を閉じる。

「お前達も知っているように、近い内新たな枢機卿を選出するための『選定の儀』が行われる。そのため、この中からも半数以上の者をそちらの警護に回さねばならん。必然的に、冒険者達が魔王討伐に失敗したダンジョンに、少ない戦力で挑まなければならない訳だ。故に今回は、万全を期すため外部から助っ人を呼びたいのだが……ネル」

「え？　あっ、は、はい！」

自分に話を振られると思っていなかったため、一瞬呆《ほう》けてしまってから、ネルは慌てて返事をする。

「その、助っ人に関してなのだがな――」

◇　◇　◇

「ダンジョン！」

「だんじょン！」

「攻略！」

「こうりャく！」

「一攫千金《いっかくせんきん》だー‼」

「ダー‼」

俺の真似をして、両手を天に高く掲げるシィ。可愛《かわい》過ぎ。

ちなみに、俺が言っていることに関してはよくわかっていないと思われる。

シィ、何も考えずオウム返し的に言葉を発することが多いので。

「……魔道具を弄《いじ》り始めたと思ったら、何じゃ、突然」

と、こちらの様子を見ていたレフィが、怪訝《けげん》そうな表情で問い掛けて来る。

「ネルから『ダンジョン攻略することになったから、おにーさんも来ない？』って連絡があったので、私はダンジョン攻略に行って来たいと思います。一攫千金を狙《ねら》いに行きます」

「そ、そうか――って、魔王を討伐しに行くのか？　一応、お主と同族ではないのか？」

「同族？　ハハハ、おかしなことを言うな、レフィ。魔王にはね、敵か味方か、しかないんだよ？」

そして俺の味方は、ここにいる皆とネルに、プラスアルファなので、それ以外は敵、もしくはどうでもいい者達である。

「あー……お主が構わんのであれば、別に何でも良いが……」

いやぁ、他の魔王のダンジョン、実は一度見てみたかったんだ。今までそんな機会無かったし。

これまで聞かされた『魔王』ってものが、やれ傲慢《ごうまん》だ、やれ人類の敵だって、評判最悪だもんな。

実際、他の魔王がどんなものなのか、気になるじゃない。本当にクズ野郎なら、遠慮なくぶっ殺せるし。

まあ、言って俺にも、魔王らしく『人類の敵対者』なんて称号が付いてるんだけどね！

最近はそれなりに仲良くしていると思うので、今度はプラス方面の称号も欲しいところだ。

「では、しばらく出るのじゃな？」

「あぁ、遊びに行って来る。ちょっと前に王都に行った時よりは早く帰ると思うぞ。海辺って話だし、海の幸の食いモンでもお土産に買って来るわ」

「うみノさち！」

「おう、海の幸だ。美味《うま》いぞぉ～？」

ニコニコしているシィにそう話しながら、俺は遠出の準備を始めた。

◇　◇　◇

「――この街もすっかり馴染《なじ》みになっちまったな」

俺の眼前に広がるのは、例の魔境の森から一番近い辺境の街、アルフィーロ。

今回も、ネルから伝えられた待ち合わせ場所がこの街だったのだ。ここから馬車に乗り、目的のダンジョンがある地域まで向かうとのこと。

まさか、こんな何回もこの街に来るようになるとはな。

ここに繋がる扉も設置したし、これからも訪れる機会があることだろう。

そうして街に入るための門に向かっていると、見覚えのある意匠の鎧《よろい》を身に纏《まと》ったヤツらが、街の外でたむろしている様子が視界に映る。

「あ、おにーさん！」

その中の一人、軽鎧《けいがい》を身に纏った少女――ネルがこちらに気が付き、手を振る。

「よ、ネル、元気そうだな。ちょっと前に声は聞いたが、こうしてお前の顔を直接見られると、やっぱり嬉《うれ》しいもんだな！」

「ぼ、僕も嬉しいけど……あの、おにーさん、みんなもいるから、そういうのは後で……」

ネルの頭をクシャクシャ撫でていると、彼女は恥ずかしそうにチラチラと周囲に視線を送る。

きっと、他の聖騎士達の目が気になるのだろう。

相変わらず照れ屋で可愛いヤツだ。

「よし、わかった。じゃあ、後でもう一回やろう。お前が苦笑いを浮かべるくらい」

「いや、苦笑いを浮かべるくらいはやめてほしいんだけど……」

呆《あき》れたような、しかしどことなく楽しそうな表情で言葉を返すネル。

「この青年が、仮面の英雄……？」

と、横から聞こえて来たその言葉にハッとした俺は、後ろを向いてアイテムボックスから仮面を取り出すと、それを顔に当てがい、再び前を向く。

「青年？　ハハ、何を言っているのかわからんな。俺は年齢不詳、怪しい仮面の男だぜ？　決め付けで話すのは良くないな」

「……おにーさん、今更誤魔化《ごまか》してても意味ないでしょ……というか、むしろもう、仮面付けてる方が目立っちゃうと思うよ？」

あ、そう。

普通に仮面のことは頭から抜けていたが……確かに、もはや仮面を付けている時の方が目立つか。

「……仮面、お前は相変わらずだな」

苦笑を浮かべるカロッタに、俺はいつものピエロ面を外しながら肩を竦《すく》める。

「それより、そっちの人達を紹介してもらっても？」

「いいだろう。左から紹介しよう――」

俺は、聖騎士達と軽く自己紹介を交わす。

聖騎士達は、ネルとカロッタを除いて、七人。一人は女性で、六人が男性だ。

ステータス的には、ネルとは比べるべくもなく、カロッタにも及ばないが、普通の戦士よりは二回り強い感じだな。

「ダンジョン攻略するって割には、結構少ないんだな？」

「別で仕事が入っていてな。そちらにも人員を割いているという理由が一つと、ネルと私、そして仮面がいれば、人数が少なくともどうにかなるだろうという判断だ。だから、正直なところ来てくれて助かったぞ」

「嫁さんの頼みなら断らないさ。それに、ダンジョン攻略は俺も興味があってな。その魔王は、そんなに強いのか？」

「恐らく強い。特別に組まれた冒険者のパーティが、一度魔王討伐に失敗して撤退している。油断出来るような相手ではないことは確かだろう」

ほう、それは、なかなか楽しみだ。

「あれ……おにーさん、エンちゃんは連れて来てないの？」

「あぁ。今回は留守番してもらった」

そう、今回は珍しいことに、エンを連れて来ていない。

ネルから事前に、ダンジョンにそこまでの広さがないということを聞いていたからだ。

エンは超強くて超可愛い、最高の武器ではあるが、如何《いかん》せん非常に長い。俺の身長よりも長い。

故に、場が狭く、そして他に聖騎士達がいる今回は、思う存分に振り回すのは確実に無理だろうと、断腸の思いで留守番してもらったのだ。

「エンというのは？」

カロッタの質問に、ネルが答える。

「おにーさんの剣の名前です。ほら、王都危機の際にもこの人が持ってた、刃の反ったとっても長い剣ですよ」

「……あぁ、確かに持っていたな、そのような剣を」

そう言えば、カロッタはちょっと前に俺達が王都へ行った時、エンとは会ってなかったっけか。

「一応言っておくと、エンは愛称で正しくは『罪焔《ざいえん》』だ。超絶可愛《かわい》い大天使だから、機会があったらアンタにも会わせてやろう」

「……天使？」

「違う。大天使だ」

「……剣が？」

「剣が」

「………そ、そうか。まあ、世の中には色んな趣味の者がいるからな」

おう、カロッタさんよ。そんな顔でこっちを見ないでくれるか。俺が言っていることは全《すべ》て真実だからな。

そんな、無機物に名前を付けて、可愛がっている変態、みたいな目をするのはやめてもらおう。

アンタもきっと、一目見ればその堅物の顔が緩まること間違いなしだぞ。

「コホン……とりあえず、人も揃《そろ》ったことだ。さっそく目的地に向かいたいのだが、構わないな？」

「いいぞ。こっちの準備は全部整ってる」

ダンジョン攻略と聞いて、必要になりそうなものは粗方用意してある。

それはもう、大量のアイテムを、だ。

クックックック、見知らぬ魔王よ。俺がやって来るまで、震えて待つが良いわ。

「了解した。――お前達、馬車の準備を」

『ハッ！』

カロッタの言葉に、聖騎士達が一斉に動き出し、停《と》めてあった馬車に乗り込んで行く。

彼らの鎧に彫られているものと同じ紋章が側面に彫られた、なかなか立派な造りをしている馬車だ。

「仮面、お前は前の馬車に乗ってくれ。――では、行くぞ！」

◇　◇　◇

「そういや一つ聞きたいんだが、何で俺を呼ぶことにしたんだ？」

揺れる車内で、俺は顰《しか》め面で自身の手札を見ているカロッタに問い掛ける。

確かにネルは今では俺の身内だし、以前一緒に色々と動いてはいるが、それでも俺は、聖騎士の彼らにとって『部外者』だ。

助っ人が欲しかったのだとしても、そんな部外者に仕事を頼むものだろうか？

「あぁ、そのことか。こう言っては何だが、元々は我々も、外部の者に助っ人を頼むつもりは無かったのだが……どういう訳か、上層部から仮面を頼るといいという達しが来てな。お前に実力があることはわかっていた故に、まあいいかとその通りにしたのだが……」

カロッタもまた、少々不可解そうな様子でそう答える。

……今の言葉で、大体わかった。

アイツだ。元軍務大臣のジジィだ。

アイツが裏で手を回して、打診させやがったんだ。

「……俺が守るって言った以上、こういうところでも仕事をしろってか」

そりゃ、ネルのためなら何でもしてやるけどよ。

アイツ……やっぱり、さっさとくたばらねぇかな。

「どうかした、おにーさん？」

「……何でもねぇ、気にすんな。――それよりカロッタ、アンタの番だぞ」

「む、う、うむ……では、これを――ぬっ⁉」

「あー、お姉さんよ。そんな顔をすると何を引いたかバレバレだぞ」

「あはは……カロッタさんのそんな顔を見るのは、初めてですね……」

カロッタの様子に、苦笑を浮かべるネル。

ちなみに、今やっているのはババ抜きだ。

ダンジョンの他の面々なら、数字も絵柄も全て覚えているためトランプのどのゲームでも遊べるが、カロッタはそうじゃないからな。ルールのわかりやすいババ抜きをしているという訳だ。

そして、数回ターンが回り、結局負けたのはカロッタだった。

「簡単なようで、なかなか奥が深いゲームだな……よし、どの模様がどの数字かは、覚えたぞ」

「え、マジで？」

まだババ抜き一戦しただけなんだけど……？

「今の勝負はいいようにやられてしまったのでな。ここらで挽回《ばんかい》せねば」

「……これは？」

「11だ」

俺が持っている『J』のカードを見て、即座に答えるカロッタ。

うわ、すげぇ……どんな脳味噌《のうみそ》してやがるんだ、この女騎士。

騎士団を率いる身となれば、これくらいは当たり前なのだろうか。

「……よし、いいだろう。カロッタ、アンタにカードの世界がそんなに甘くはないということを、しっかりと教えてやろう！」

ネルも合わせ俺達は、我が家で色んなゲームをするが……それは、ただのゲームじゃない。

異世界の住人は、前世の人間よりもハイスペックなのだ。

相手の機微を読み、心拍を感じ、その顔色の変化を見て相手の手札を予想することが可能なのである。

俺とレフィがゲームをする時なんかも、大体いつも、その読み合いで勝負していたりする。

まあ、アイツはすぐに顔に出るから、弱いんだけど。

この女騎士もまた異世界人ではあるが、こちらの世界での勝負のノウハウを熟知している我々を相手に、そう簡単に勝利は得られないということ、思い知ってもらうとしよう！

「ほう、楽しみだな！　是非ともその真髄、見せてもらうとしよう！」

ニヤリと笑みを浮かべるカロッタ。

そして俺達は、次の勝負を開始した……！


――それから、特に何事もなく馬車を進め、道中の宿場町で一泊し、次の日。

前方に広がるのは、陽《ひ》の光に反射して煌《きら》めく広大な青と、入り江に形成された港街。

海には十数隻の船が並んでおり、今も数隻が出入りしている様子が窺《うかが》える。

かなりの規模だ。この国の中でも、有数の港街なのではないだろうか。

「へぇぇ、すげえな！」

目の前の光景に歓声をあげる俺を見て、ネルが声を掛けてくる。

「あ、おにーさん、もしかして海は初めて？」

「いや、初めてって訳じゃあないんだがな。けど、やっぱり海に来ると、テンションが上がるというか」

「……うん、わかるよ、言いたいこと」

魔境の森の奥にも海は広がっているし、飛んでいると地平線の果てに見えたりするんだが……海のある地域が、西エリアのいっちゃん奥とレフィが元住処《すみか》にしていた北エリアの山脈地帯の裏側なので、「海が見たい」なんてくらいの軽い気持ちじゃ行くのは無理な場所だったりする。

本気の装備をして、外で三泊は覚悟しなさゃならないだろう。

なので、こちらの世界に来てから、これだけ海の近くまで来たのは初めてだったりする。

と、目の前の風景を堪能していると、カロッタが横から口を開く。

「ここが港街『ポーザ』だ。ここを拠点に、ダンジョン攻略を行うことになる。その前に一度、この領主に挨拶《あいさつ》をする必要があるが……仮面、悪いがお前にも付いて来てもらうぞ」

「へいボス、お供しやすぜ」

「……いや、私は別に、お前のボスというつもりはないんだが……」

「カロッタさん、彼は大体いつもこんな感じなので、スルーで大丈夫ですよ」

「……初めて会った頃《ころ》は、もう少し真面目《まじめ》な人物だと思っていたのだがな」

そう言って、苦笑を溢すカロッタ。

失礼な、俺はいつも大真面目に人生を送っているぞ。

あ、ちなみに全く関係ない話だが、トランプはあの後、俺がぼろ負けしました。

まあ、偉そうなことを言っても俺、別に賭《か》け事《ごと》のプロでも何でもないしね！

対してカロッタは、日常的に駆け引きをしているお偉いさんだしね！

そりゃあ、一般人――いや一般魔王の俺が負けるのも、道理か！

ネルも、何だか最近トランプが強くなって来ているし……くっ、やはり異世界の住人、侮れん。

そんなどうでもいいことを考えている間にも馬車は進んで行き、やがて港街の入り口に設置された門に辿《たど》り着《つ》く。

こちらの馬車の御者をしている聖騎士の男――確かセローという名前だ――が門に詰めていた兵士と二、三の言葉を交わした後、通行が許可されたらしく、馬車はゆっくりと街の中を進み出す。

やはり海の街であるためか、街中を歩く住人達は日に焼けた浅黒い肌をした者が多く、全体的に服も薄着だ。

うむ……ネルにジト目を向けられそうなので、詳しくは言わないが、見ていて男に嬉《うれ》しい街だな。

それから、数分程港街の中を進むと、すぐに大きな屋敷が現れる。ここが領主館なのだろう。

先に連絡が回っていたのか、屋敷の前には数人の使用人らしき者達が待機していた。

徐々に減速していき、その屋敷の前で馬車が停止したところで、俺達はステップを降りる。

もう一台の方の馬車も俺達が乗っていた馬車の後ろに停止し、他の聖騎士達が降りてこちらにやって来る。

全員が揃った段階で、待ち構えていた使用人の一人、結構若めの執事が俺達に頭を下げた。

「聖騎士ご一行様ですね。主《あるじ》の下までご案内させていただきます。馬車は、こちらに任せていただいてもよろしいでしょうか？」

「了解した。セロー、ナズル、手伝いを。――それでは、案内を頼む」

「――お初にお目にかかる、俺がこの街の領主、アーベル＝レブリアードだ。よろしく頼む」

俺達を出迎えたのは、海の男、という言葉がピッタリ来るような、短髪でガタイの良い男だった。

刈り上げ頭で、浅黒い肌をしており、腕には入れ墨が入っている。

こうして屋敷で相対していなかったら、どっかの組長とでも勘違いしてしまいそうな風貌《ふうぼう》である。

「カロッタ＝デマイヤーだ。こちらこそ、よろしく頼む」

互いに名乗り、彼らは握手を交わす。

俺含め、それ以外の者達は一歩下がったところで、彼らのやり取りを見守っている。

「さっそく話を――と、あー……その前に一つ聞いてもいいか？」

「何だ？」

「そちらの者は？　聖騎士ではないようだが、もしや……」

何かを察したような様子で、仮面を装着した俺を見ながら問い掛ける領主――アーベル。

「あぁ、彼は我々の助っ人のワイだ。確かな実力を持った男である故、今回こうしてダンジョン攻略に協力してもらうことになった」

「どうも、よろしく」

手をヒラヒラさせ、そう言う俺。

この仮面は、カロッタに頼まれて被っているものだ。

一応、ネルのためにこちらの国では結構頑張ったので、仮面を被っておけば俺がどういう者かを察してくれるだろうという判断らしい。

実際、このガテン系おっさんも気付いたようだしな。

昨日《きのう》我が嫁さんも言っていたが、やはり顔を隠すためのこの仮面の方が、今はもう有名になっているのだろう。

「へぇ……この男が……」

ガテン系おっさんは、こちらを見定めるように一瞬だけスッと眼差《まなざ》しを鋭くさせ、しかしすぐにニヤリと口端を吊《つ》り上《あ》げ、言葉を続ける。

「……正直に言っちまうと、教会が出張って来ると聞いた時は、聖職者が何様のつもりだ、なんて思ってたんだが……どうやら俺は、アンタらを侮っていたらしいな」

「アーベル殿の歯に衣《きぬ》着せぬ物言いは、噂《うわさ》通りのようだな」

苦笑を溢すカロッタに、肩を竦《すく》めるアーベル。

「悪いな、海の男ってなぁそういう生き物なんだ。船の上じゃあ、皆運命共同体。故に、何より重要になるのは信用だ。信用出来ない相手と同じ船に乗ることは出来ないし、そうである以上事前に相手がどんな奴《やつ》なのか、ということを知るのが必要不可欠になる」

「フッ……そうか。では我々は、同じ船に乗せても良いと、貴殿に判断してもらえそうかな？」

「勇者殿まで連れて来てもらった上に、そんな男まで連れているのを見るに、アンタらが本気で魔王を討伐するつもりであることは重々に理解した。であれば我々も、それ相応の態度でアンタらを迎え入れよう。――ようこそ、ポーザの港へ。我々は貴殿らを、大切な同胞として歓迎する」

◇　◇　◇

「……まさか、あそこまで教会が本腰を入れてくるたぁな」

聖騎士の一行が屋敷から去った後、アーベルはポツリとそう呟《つぶや》いた。

「そうですね、頭《かしら》……勇者まで連れて来るとは」

自身の主の言葉に、執務室にいた彼の部下――年若い執事が余所《よそ》行きの言葉遣いをやめ、気安い様子で相槌《あいづち》を打つ。

「勇者の嬢ちゃんもそうだがな、そこに加えて『剣姫』サマに例の『仮面』だ。およそ教会が持つ最高戦力を連れて来たんじゃねぇか？」

「仮面の男は、教会所属ではないって話じゃ？　実際、聖騎士連中が纏《まと》っていた鎧《よろい》も着ていなかったようですし」

「そこは大して重要じゃねぇ。実際、こうして教会の連中と行動を共にしている以上、奴らの味方ではあるんだろ。……あぁ、だが、そうか。むしろそんな、教会所属でもない奴を連れてここまでやって来たってのは、疑問ではあるな」

年若い執事はしばし押し黙ってから、再度口を開く。

「……いったい、何が目的なんでやすかね」

「さてな。表向きの理由通り、ダンジョン攻略だけに注力してもらえるんなら万々歳だが。――ま、どちらにしろ教会は敵に回すと厄介だ。そうでなくとも、あの剣姫サマはかなりのやり手って話だしな。仲良くするに越したことはねぇ。歓迎するとも言っちまったし、街の連中にゃあ愛想良くするよう伝えろ」

「了解です、頭」

「あとお前、ここで俺を頭って呼ぶのはやめろ。今は偉い偉い領主様だ」

「ハッ、ご領主様。大変失礼致しました」

途端にわざとらしい真面目腐った様子で、余所行きの言葉遣いをする自身の部下に、クックッと笑いを溢すアーベル。

「——とりあえず、今は様子見だ。強いのは間違いなさそうだしな。是非とも討伐に尽力してもらわねぇと」

そう言って領主は、椅子の背もたれに身体《からだ》を預け、窓の外、彼らがいなくなった方向をジッと眺め続けた。

閑話一　悲劇のヒロインごっこ

少女は、慟哭《どうこく》していた。

「ねぇ……ヒグッ、何で……何でよ……」

「………」

「お願い、目を開けて……お願いだから……！」

目の前にあるソレ――ただの物と化してしまった青年の身体を、少女はゆさゆさと揺するが、反応は返ってこない。

青年の身体は、動かない。

「どうして、どうして何も言ってくれないの……？　何か言ってよ、おにいちゃん！　おにいちゃんってば……」

少女は青年の身体に縋《すが》り付き、ただむせび泣き続けた。

「……何をしておるんじゃ？」

「悲劇のヒロインごっこ（だよ！）」

揃《そろ》って答える俺とイルーナに、呆《あき》れた表情を浮かべるレフィ。

「……何故《なぜ》そう、お主らは普通の遊びが出来ないのか……というか、シィのそれは何の役じゃ？」

「シィはね、かなしむともだちを、うしろからみまもるやク！」

「……その割には、随分とニコニコしておったが？」

「だって、みんなくらいかおじゃあ、なんだかくらくなっちゃうでしょ？　だから、シィはニコニコしてたの！」

「そ、そうか……」

元気良く答えるシィに、色々と言いたいことがあるのを我慢するような顔で相槌を打つレフィ。

諦《あきら》めろ、レフィ。シィはウチの住人の中でも一番の天然ちゃんだ。

この子に、我々の常識は通用しないのである。

「ね、おねえちゃんもやろう！」

「えっ」

レフィの手を取り、ニコニコ顔で誘うイルーナ。

「おねえちゃんも、悲劇のヒロインごっこ、一緒にやろう！」

「よし、じゃあ、レフィも交えてテイク２に行こうか」

「いこウ！」

「……い、いや、あの、儂《わし》はまだやるとも言ってないんじゃが」

少女は、慟哭していた。

「何で……何でよ……！」

「わ、ワンワン！」

「…………」

「お願い……お願いだから、目を開いて……！」

「クゥン……ワンワン！」

目の前にあるソレ――ただの物と化してしまった青年の身体を、彼女はゆさゆさと揺するが、反応は返ってこない。

青年の身体は、動かない。

「ヒグッ、うぐっ……もう一回、もう一回だけでいいから、声を聞かせてよ、おにいちゃん……！」

「ワンワン！　……ちょっと待て」

レフィが、思わずといった様子で口を挟んだ。

「どうした、レフィ」

「どうした、じゃないわ！　悲劇のヒロインごっこじゃろう⁉　どうして突然犬が出て来るんじゃ！」

ぐわぁ、と吠《ほ》える犬――もとい、犬耳と犬鼻を装着しているレフィに、俺は淡々と答える。

「青年は犬のペットを飼ってたって設定だからな。アホだから飼い主が死んだことにまだ気付いてなくて、必死にエサをねだり続けるアホ犬」

「随分とぴんぽいんとな設定を持って来たの⁉」

愕然《がくぜん》とした表情でツッコむレフィ。

俺、コイツのこの表情を見たいがために、生きてる説あるわ。

「わかった、じゃあちょっと設定を変えて、飼い主に忠実で、飼い主が死んだことにもちゃんと気付いていて、悲しみに暮れる犬の役に――」

「いや、待て。待つんじゃ。儂が悪かったから、犬以外の役を頼む」

「何だ、注文が多いな。なら……すまん二人とも、レフィがわがまま言うから、役を代わってやってくれないか？」

「じゃあ、イヌのやく、つぎシィがやる！」

「なら、おねえちゃんが次、悲劇のヒロインね！　わたしが後ろで友達を見守る役！」

「オーケー。それじゃあ、俺は変わらず死体役で、テイク３な」

「くっ……此奴《こいつ》らの遊びに、思わず横槍《よこやり》を入れてしもうたのが、運の尽きじゃったか……！」

その通りです。


少女は、慟哭していた。

「え、えー……ゴホン、おぉ、青年よ。死んでしまうとは情けない」

「ブフッ」

青年は、吹き出した。

「……お主、死んでおるのではなかったのか？」

「おにいちゃん、死体は喋《しゃべ》っちゃメ！　だよ！」

「メ！」

「す、すまん、今のは不意打ちだったし……っ、次はちゃんと死体やるから」

横たわる、死体の青年。

そして少女は、再度動かなくなった青年の頰《ほお》に、手を当てた。

冷たくなった――いや、実際は温かいが、とにかく冷たくなったその頰を、悲しみからか指を震わせつつ、優しく撫《な》でる。

「おぉ、何故、何故こんなことに……四肢をもぎ取られ、腸《はらわた》をねじ切られ、臓物を貪《むさぼ》り食われ……こんな、こんな悲惨な死に方をすることもなかろうに……」

「ブハッ」

青年は、吹き出した。

「……ユキ、人に注文が多いだの何だの言うておいて、自身も役を演じられておらんではないか」

「い、いや、けどお前、余計な設定を付け足すのは卑怯《ひきょう》だぞ！　しかもムダにグロいし！」

いったい、何が起きて死んだんだ、青年は。

「お主とて犬の役に無駄な設定を付け足しておったじゃろうが。……というか、そもそもとして、いらんじゃろう。犬は」

「えー！　イヌは、ひつようだよ！」

「……シィ、お主はその耳と鼻を着けたかっただけではないのか？」

「あ……ばれちゃっタ？」

照れた様子で「えへへぇ」と溢すシィ。

可愛《かわい》さが天元突破グレ〇ラガンである。

「……よし、わかった。じゃあ次は、お前が青年の死体役やれ。俺が悲劇のヒロインをやるから」

「……お主がひろいんか。まあ良いが」

「んじゃ、テイク４だ！」


少女――ではなく青年は、慟哭していた。

「あぁ、何で、何でこんなことに……」

「…………」

「わんわーン！」

「お願いだ、もう一回、もう一回だけ声を……そう言えばこれ、今死体だよな」

「……ひぅ⁉」

脇腹《わきばら》をツゥ、と撫でられ、ビクッと身体《からだ》を反応させる死体の少女。

「おや？　おかしいな……今、死体が何故か動いたぞ？」

「こ、此奴……！」

「おねえちゃん、死体は動いちゃメ！」

「メ！」

「ぐっ……」

背後から見守る青年の友人とペットの犬に注意され、しばし唸《うな》ってから、観念したように再度死体に戻る少女。

「あぁ、あぁ、悲しいぜ……俺の大事な大事な人が、こんな姿になっちまって……」

「わひっ……んぐっ……！」

さわさわとセクハラを続ける青年に、死体の少女は喘《あえ》ぎを漏らしながらも、必死に声を押し殺し、死んだフリを続ける。

「お前が死んじまって、俺、俺……あまりの悲しみのせいで、この油性ペンでお前の顔に落書きをしてしまうよ……」

「ぬ……？　ゆ、ユキ‼　それは、確か消えない方のぺんではなかったか⁉」

流石《さすが》に黙っていられなくなったらしく、ガバッと起き上がり、自身の顔のあちこちに手を当てながら目の前の青年に声を荒らげる死体の少女。

「お、よく覚えてたな。そうだぞ、しっかり洗っても落ちない方」

「落ちない方、じゃないわ阿呆《あほう》がっ‼　しかもお主、儂が動かないのをいいことに、今色々と書きまくりおったじゃろう⁉　どうするんじゃこれ⁉」

「安心しろ、俺はお前がどんな姿になっても、一生愛すって心に決めてるからよ！」

「良いことを言っている風でも、誤魔化《ごまか》されんからな⁉」

ギャーギャーと、言い合いを始める青年と死体の少女。

その彼らの横で、ポツリと友人の少女が呟《つぶや》く。

「あらら……これはもう、ダメそうだね」

「うーン、そうだね……イルーナ、おそといこう！」

「そうしよっか！」

友人の少女と飼い犬――イルーナとシィは、口論を続ける二人を置いて、真・玉座の間から外へ遊びに出て行った。

第二章　ダンジョン攻略

「さて、後は冒険者ギルドだが……今日は、これで休みにするとしよう」

領主館で挨拶《あいさつ》を済ませた後、案内された豪奢《ごうしゃ》な宿で領主館の使用人の一人が受付を済ませてくれている間、カロッタが俺達に向かってそう言った。

「よろしいのですか？」

聖騎士の一人の問い掛けに、彼女はコクリと頷《うなず》く。

「休息も必要だ。二日馬車に揺られて来たのだ、特に御者をやっていたセローとナズルは、疲れも溜《た》まっているだろう。――それに、普段はあまり会えない者達もいることだしな」

ニヤリと笑うカロッタを見て、何かに気付いたような表情になる他の聖騎士連中もまた、意味ありげに笑みを浮かべる。

そして、各々暇《いとま》の言葉と共に、ニヤニヤしながらこの場を去って行き――残されるのは、俺とネルのみ。

全く……余計な気を利かせてくれちゃって。

俺は一つ苦笑を溢《こぼ》し、聖騎士達のからかい混じりの気遣いに「もう、みんなったら……」と気恥ずかしそうな様子のネルへと声を掛ける。

「ネル、何かしたいこととか、行きたいとことかあるか？」

「ううん、特にないよ」

「よし、なら、遊びに行こう」

「え？　うん、いいけど、どこ行くの？」

海に来たら、何をするのか。

当然、海で遊ぶしかないだろ！

◇　◇　◇

――この人はバカなんじゃないか、と思うことは今までも多々あったけれど……やっぱりその通りであったらしい。

「うむ……うむ」

いや、うむじゃないけど。

満足そうに何度も首を縦に振る目の前の恋人に、恥ずかしさで自身の顔が熱くなるのを感じながら、ジトッとした目を向ける。

「……おにーさん、何さ、この下着。ここにいるのがおにーさんだけだから、着たけどさ……」

人気《ひとけ》の全くない海辺まで連れて行かれ、そこで彼から渡されたのが、厚手の生地の上下の下着だった。

柄は可愛いもので、その点に関して言うと普通に嬉《うれ》しくはあるのだが、如何《いかん》せん布面積が少な過ぎる。

自身の索敵スキルと、勇者として鍛えられた気配を感じ取る力で、この場にいるのが彼と自分だけだということがわかっているため、彼の望み通りに着はしたが……。

「それは下着じゃないぞ。水着だ。海とか川とか泳ぐ時に着るヤツだな」

「……いや、水着って、もっと服みたいなヤツでしょ？　こんな布面積が少ないの、見たことないけど……」

水夫が訓練用に水着を着ているのは見たことがあるが、間違ってもこんな、ピラピラしたものではない。

街の女性の服なんかは、土地柄故か確かに大分はだけてはいたが、それでもこの下着と大差ない服よりはしっかりと着込んでいた。

よっぽど、今の自分の方がはだけた恰好《かっこう》をしていることだろう。

「安心しろ、超絶似合ってるからな、誰《だれ》が見ても目を奪われること間違いなしだぜ！　……まあ、俺以外の男が今のお前を見たなら、ソイツの目ん玉をくり抜くのも吝《やぶさ》かじゃないが」

「やめてね」

思わず苦笑を溢す。

ちなみに彼もまた、今はハーフパンツのような水着を着ているのみで、上半身は裸だ。

筋骨隆々、といった程ではないが、程よく引き締まった身体付きをしており、かなり好みの体形である。

薄く浮いた腹筋も、男の人らしさを感じさせるもので……ふへへ。

「ひぃあっ⁉　な、何だよ急に！」

「え？　あっ、ご、ごめん」

無意識で触り心地の良い腹筋に伸びていた指を、慌てて引っ込める。

し、しまった。彼の腹筋を見ていたら、勝手に手が動いていた。

「――って、いいのか、別に。僕もう、おにーさんのお嫁さんなんだし。おにーさんの腹筋は僕のものってことで」

「いや、俺の腹筋は俺のものだけど⁉」

そんなツッコミを入れて来る自身の恋人に、グッと力を込めて言葉を返す。

「でも、おにーさんだって、よくリューの耳とかレフィの角とか『俺の嫁だから、俺のもの！』って言って触ってるでしょ？　その理屈で言うとおにーさんの腹筋は僕のものだし、おにーさんのものであるリューの耳もレフィの角も、僕のものでいいよね！」

「すげぇ暴論を吐いてきたな⁉　た、確かに、そんなことを言った覚えはあるが――ってひょあっ⁉」

普段あまり聞けないような高い声を出す彼の脇腹《わきばら》を、さすさすと触る。

「そういう訳だから、おにーさん！　大人しくそのお腹《なか》を、僕に差し出すのだー！」

「ちょ、あひひひっ、やめっ、くすぐってぇ！」

「あははは、待てー！」

逃げ出した彼の背中を、笑いながら追いかける。

じんわりと、胸の奥が温かくなるのを感じながら――。

◇　◇　◇

翌日、早朝。

「……お前達、随分と日に焼けたな？」

「おう、楽しかったぜ」

「ご、ごめんなさい、遊びに来た訳じゃないのに、しっかり楽しんじゃって……」

若干呆《あき》れたような顔でそう言うカロッタに、俺はグ、と親指を突き出し、ネルは恐縮した様子で謝る。

昨日《きのう》はあの後、翌日に疲れを残さないよう一時間くらいで遊ぶのを切り上げ、着替えて少し街をブラブラしてから、海辺の食堂で二人で飯を食い、宿まで戻った。

非常に楽しかった。心から笑い、まったりし、最高の時間を過ごすことが出来た。

正直もう、このまま帰っても大満足だ。完全にただの観光客である。

「いや、休めと言ったのは私だからな。別にそのことは構わないのだが……フフ、お前達が十分に休めたのなら、それで良しとしよう」

微笑《ほほえ》ましそうに笑ってから、コホンと咳払《せきばら》いを一つしてカロッタは表情を切り替え、幾ばくか真《ま》面目《じめ》な様子で言葉を続ける。

「さて、それでは冒険者ギルドに向かうが、二人も準備はいいな？」

「冒険者ギルドじゃあ、何をするんだ？」

「今回我々が潜る予定のダンジョンは、そこが管理しているのでな。冒険者ではなく聖騎士である我々が潜るという事前連絡と、後はダンジョン内部に精通した者を数人、そこで借り受けることになっている」

「なるほど……案内人の確保か」

それは、確かにいた方がいいだろうな。

勝手のわからない余所《よそ》様のダンジョンなんだし。

「僕達の方は、大丈夫です。部屋を出る前に準備を整えて来ましたから」

「そうか、ならばいい。では、向かうとしよう」


「――おはようございます、本日はどのようなご用件でしょうか？」

「連絡が行っていると思うが、我々はファルディエーヌ聖騎士団の者だ。ギルドマスターを呼んでもらえるか」

「聖騎士の方々……少々お待ちを」

受付のおねーさんはピクリと反応を示すと、すぐに裏の方へ引っ込んで行き……少しして、奥から一人の若い優男を伴って戻って来る。

「どうも、聖騎士団の方々だね。私が当ギルドのマスター、ジェイです。話はアーベル殿から聞いています、今回はこちらの都合でこんなところまで来ていただいて、誠にありがたい」

「気にしないでいただきたい、我々も我々の都合でここに訪れただけ。教会とギルドの利害が、一致したからこそのことです」

「そう言っていただけると、こちらとしては助かりますよ。――話はこれくらいで。さっそくサポートの者達の紹介をしましょう。グリファ、ルローレ、レイエス」

「お呼びで」

「うす」

「あんた達、もう少しちゃんと返事しなさいよ……はい、ギルドマスター」

ギルドマスターの呼び掛けに返事をしたのは、ギルドに併設された酒場で待機していたらしい、三人組のパーティ。

まず、片手剣に盾という真っ当な装備をしている男が、グリファ。パーティリーダーだそうだ。

ローブを着た魔術師らしい女性がルローレ、軽装で弓を装備している男がレイエスと、それぞれが名乗る。

冒険者のランクが、銅《ブロンズ》、鋼鉄《アイアン》、銀《シルバー》、金《ゴールド》、魔銀《ミスリル》、アダマンタイト、オリハルコンと七段階に分かれている内の、魔銀ランクの者達であるらしく、結構上位の冒険者であると言えるだろう。

実際ステータスを見ても、ネルとカロッタ以外の聖騎士達と、同程度の能力を有していることがわかる。

「ほう……流石《さすが》に精鋭を連れて来るか」

カロッタも彼らの実力を感じ取ったらしく、ポツリとそう溢す。

「この三人は、魔王討伐に向かったパーティの中で、魔王との正面戦闘を熟《こな》しながら唯一被害を出さなかった者達。役には立てると思いますよ」

「それは大したものだな、是非とも働きに期待させてもらおう」

「よしてくださいや、以前調子に乗って、痛い目を見たことがあるってぇだけですよ。魔境の森で一度死に掛けてから、何でもかんでも慎重になってるもんで」

苦笑い気味に謙遜《けんそん》する、パーティリーダー、グリファ。

へぇ、コイツら、魔境の森に来たことがあるのか。

時折現れる、あそこの浅いところへ希少な素材を採りに来ていた、冒険者達のどれかだろうか？

「そう言うな、お前達にも活躍してもらわないとギルドの立つ瀬がなくなる。ビシバシ働いてくれ」

「……ま、やれる限りはやりますけども」

窘《たしな》めるギルドマスターに、覇気のあんまり感じられない様子で答えるグリファ。

あぁ、なるほど……案内人役の彼らは、冒険者ギルド側のメンツのためでもあるのか。

仮に魔王討伐に成功した場合、聖騎士を送った教会は、自分達の力で民の敵である魔王を倒したと宣伝出来るが、ここに冒険者を混ぜることで、冒険者ギルドもまた討伐に協力したと声高々に言うことが出来る、ということだろう。

カロッタも何も言わないところを見るに、その辺りの話はすでに付いているのではないだろうか。

……そう言えば俺、一度しか依頼を受けたことないけど、冒険者ではあるんだよな。レフィと一緒に、身分証のためだけに登録したヤツ。今もアイテムボックスに眠ってるわ。

そのことは……黙っておいた方が良さそうか。あれ、名前も『ワイ』じゃなくて『ユキ』で登録されているし。

カロッタであれば、今更名前を誤魔化《ごまか》す必要もないだろうが……つっても、カロッタは俺のことを『仮面』と呼ぶし、ネルも『おにーさん』と呼ぶから、別に今のままでも支障はないか。

何らかの機会があれば、本名を明かすとしよう。

それから、カロッタが幾ばくかの手続きを終えた後に移動し、やって来たのは海辺の桟橋。

「へぇぇ！　コイツで移動するのか！」

目の前に佇《たたず》む、結構なデカさをした一隻の帆船に、俺は歓声をあげた。

こっちの世界じゃ何て言うのか知らんが、確か前世だと、ガレオン船って括《くく》りにされる船だ。

数十人体制で動かす船であるらしく、多くの水夫達が現在張り切って物資の積み込みを行っている様子が窺《うかが》える。

こういうガチの帆船を見るのは、生まれて初めてだ。

何と言うか、こう……ワクワクするね、見ていて。

前世で安めの遊覧船くらいは俺も乗ったことがあるが、こういう帆船のロマンはまた別物だろう。

「……いや、つか、待て。すっごい今更なんだが、何で船？」

と、根本的な部分から理解していない俺の質問に答えたのは、隣に立つネル。

「あ、そっか、おにーさんまだ聞いてなかったよね。あのね、僕達がこれから向かうダンジョン、実は海の上にあるんだ」

「海の上……？」

海上にポツンと洞窟《どうくつ》の口でも浮いてんのか？

いや、それだと離れ小島ってだけで、海の上とは言えないか。

そう、頭にハテナを浮かべる俺に対し、何だか嫌そ――な表情のネル。

「？　何だよ、そんなピーマンを皿に置かれた時のイルーナみたいな顔して」

「すっごく想像しやすいところで例えてきたね……」

一瞬フフッと笑ってから、ネルは言葉を続ける。

「正しく言うとね――今回のダンジョン、海を漂う幽霊船なんだよ」

「幽霊船？」

詳しく話を聞くに……どうも、ある頃《ころ》からレイスやスケルトンなどの死霊系の魔物が、この港の付近の海域に多数確認されるようになったらしい。

原因を突き止めるため、その海域の探索を行ったところ、発見されたのが――海を漂う幽霊船。

最初は漂流船か何かと勘違いし、救助のために乗り込んでみれば、出るわ出るわ、魔物どもが。

一番初めに船を発見した彼らは大慌てで逃げ帰り、その後何度か調査を経た後、その幽霊船がダンジョンとなって魔物を生み出している、ということがわかったのだそうだ。

これから俺達が乗り込むこの船がデカいのも、攻略対象が海上にある幽霊船であるからだとのこと。

攻略の拠点が、必然的に幽霊船へと向かうためのこの船になるので、長丁場を想定して多くの物資を積み込む必要があり、船もデカくなったという訳だ。

俺のアイテムボックスのような、収納の魔法なるものもこの世界には存在するが、誰《だれ》も彼も持っているもんじゃないしな。収納限界もあるし。

「……お前、大丈夫なのか？　ビビリのお前が、幽霊船て」

コイツのビビリ具合は一級品だぞ。可愛《かわい》いからそのままでいいけど。

「う……自覚があるだけ、ビビリを否定出来ない……まあ、仕事だからね、仕方ないかなって……」

達観したような、遠い目をして答えるネル。

……そうか。仕事か。

なら、まあ……お前がどれだけ嫌だろうが、関係ないか。

「うぅ……最初はダンジョン攻略ってだけ聞いてたから、特に何にも言わず引き受けたのに、それがまさか幽霊船なんて……はぁぁぁ……」

クソデカため息を吐き出す我が嫁さんに、俺は苦笑を浮かべ、励ますようにその頭をポンポンと撫《な》でる。

「ま、安心しろ。お前一人で攻略するって訳でもねーし、何かあっても必ず守るからさ。お前がビビるのだけはどうしようもないけど」

「……おにーさん、その最後の余分な一言が無ければ、カッコいいセリフで終わったんだけど？」

「悪いな、俺は最近、お前のことが好き過ぎて、お前をからかうのが生き甲斐《がい》の一つになりつつあるんだ！」

「ビックリするくらい嬉《うれ》しくない告白だね⁉」

隣で「むー！」と頬《ほお》を膨らませるネルに笑いながら、俺は聖騎士達と共に板のタラップを上り、ガレオン船に乗船する。

数十分後、積み込みも全《すべ》て終わったらしく、船長らしい偉丈夫が野太い声を張り上げる。

「帆ぉー上げー！」

「帆ぉー上げー！」

復唱される掛け声。

もやい綱が解かれ、水夫が数人掛かりで何本もあるマストにそれぞれ帆を張り——そして、俺達を乗せたガレオン船は、ゆっくりと発進した。

◇　◇　◇

「——それでよ、聞こえて来たんだ。どういう訳かわからないが……その船長の名前を、呼ぶ声が」

語り手の男、冒険者パーティの一人であるレイエスは、おどろおどろしい声音で話を続ける。

「仲間は全員、すでに船に退去済みで、残すは彼のみ。である以上、自分の名前を知っていて、呼ぶ者なんて当然残っているはずがない。訳がわからない。ゾクッと、背筋が凍るような思いで船長は、恐る恐る後ろを振り返り――――」

ゴクリ、と誰かが唾《つば》を呑《の》む音。

レイエスの語りに、誰も言葉を挟むことが出来ない。

「――そこには、笑って、自分の名前を呼び続ける骸骨《がいこつ》の姿があったんだってよ。カタカタ身体《からだ》を震わせて、笑う骸骨の姿が」

沈黙が、辺りを包む。

ゾッとしたのか、自身の両腕を擦《さす》る聖騎士の姿もある。

「肝が太いことで有名だったその船長は、悲鳴をあげて逃げ出し、それから今に至るってところだな。――気を付けろ、彼らは無事に帰って来れたが、今から俺達が乗り込む幽霊船の奴《やつ》らは、神に呪《のろ》われ、二度と陸に上がることを許されず、永遠に海を彷徨《さまよ》うことになった者達。だから、生きた者を羨《うらや》み、憎み、襲ってくるって話さ」

「……その、神に呪われてってのは、誰から聞いたんだ？」

話を聞いていた聖騎士の一人が、そうレイエスに問い掛ける。

「あぁ、こっちの地方の船乗りに伝わる伝説さ。幽霊船ってのは、神を嘲《あざけ》り、呪われた者が辿《たど》る末路なんだとよ」

……さまよえるオ〇ンダ人かよ。今から俺達は、フライングダッ〇マンに乗り込むってか。

同じような話は、どこにでもあるもんだな。

ただ、あちらはただの伝承だが、こちらはこうして『ダンジョン』という実際に存在する脅威なので、厄介さで言えば比ぶべくもないか。

怪談なんかも、作り話じゃなくて実際にありそうなのが怖いところだ。

今の骸骨とか、分析《アナライズ》スキルを持ったスケルトンの魔物だったら、可能な訳だし。

……なんかちょっと、そう考えると夢がなくなるな。

「あー……皆さん、あんまりコイツの言うこと、真に受けない方がいいですよ。酒場の酔っ払い達に聞いた話を、それっぽく言っているだけなので」

と、レイエスにジト目を向けながらそう言うのは、冒険者パーティのもう一人、ローブを着た魔術師らしい女性、ルローレ。

「何でぇ。いいだろ、こういうのはホントかどうかわからないから面白いんだ」

「そんなこと言って、この前だってホラ話を信じ込んで痛い目見ていたじゃないの」

ウッ、と、痛いところを突かれたといった顔を浮かべるレイエス。

「――お、何だ。楽しそうだな」

「ふむ、交流を深めているようで何よりだ」

二人の様子に聖騎士連中と一緒になって笑っていると、船の中の方から、何かしらの打ち合わせをしてきたらしい、冒険者パーティのリーダーであるグリファとカロッタが現れる。

「あ、リーダーと聖騎士の姉《あね》さん」

現れた二人の姿を見て、レイエスが声をあげる。

「三、四……ちょうどいい。甲板には揃《そろ》っているようだし、この辺りでミーティングといこう。集まれ！」

カロッタの掛け声一つで、この場にいなかった数人の聖騎士達が瞬時にこちらに駆け寄って来る。

「これで全員だな。これよりミーティングを行う！　まずは……グリファ殿。すでにダンジョンに潜ったことがある先駆者として、注意すべき点を聞かせてもらえるか」

カロッタの言葉に、グリファは「あー……」と慣れてなさそうな様子で頭をガシガシと掻《か》き、口を開いた。

「そんじゃ、僭越《せんえつ》ながら、幾つか。まず、乗り込む前に一つ気を付けてもらいたいのが——海中だ」

「海中？」

一人が、疑問の声を漏らす。

「あの幽霊船に近付こうとすると、周囲の魔物どもが襲ってくるんだが、それは飛んでいる奴らだけじゃなく、海中の奴らも来やがるんだ。調査初期の頃、ボートの下に現れたサーペント系の魔物に食い破られ、一艘《そう》やられたことがある。注意してくれ」

なるほど……海面下は、確かに見難《みにく》い。

索敵スキルがあるから、そう簡単に不覚は取らんと思うが、警戒はしておくべきだろう。

「そんで、実際に見てもらえばわかるんだが、中は相当入り組んでやがる。不意を突かれねぇよう、物陰や角は注意だ。後は、以前とは内部の造りが変わっていたりすることもあって、何が起こるかわからない怖さもある。周辺警戒は密にやってくれ」

「内部が変わるのか？」

俺の質問に、コクリと頷《うなず》くグリファ。

「あぁ。どうも、一定時間で構造が切り替わる造りらしい。描いた地図も、何度か更新している。これがなけりゃあ、攻略ペースはもっと早くなってたろうな」

そう言って彼は、羊皮紙に描かれた数枚の手書きの地図を、ヒラヒラと見せる。

へぇ……この様子だと、ウチのレイス娘、三女のローが使う精神魔法みたいなもので侵入者を惑わしているんじゃなく、本当に構造が変わっているっぽいな。

ダンジョンってそんなことも出来るのか。覚えておこう。

「出現する魔物は、ある程度聞いていると思うが、レイスやアンデッド、スケルトンなど、死霊系の魔物がほとんど。魔王も死霊系だ。――ま、聖騎士の方々にとって、そういう化け物退治は本職だろうから、そこんところは期待させてもらうぜ？」

そう言って肩を竦《すく》めるグリファの後に、カロッタが言葉を続ける。

「聞いたな、お前達。相手は教会に属する我々にとって、相性が良いとも言える相手だ。不覚を取ろうものなら、本部の連中にクビにされてしまうぞ。……あー、だがまあ、今回に限って、ネルは例外としておこうか」

「ちょ、ちょっと、そこで僕をやり玉に挙げないでくださいよ……」

もう、と不満そうに唇を尖《とが》らせるネルに、俺達は笑った。


その後も、ダンジョンに関する話し合いを行いながら船に揺られていると——望遠鏡を覗《のぞ》き込んでいた水夫の一人が、声を張り上げる。

「見えたぞー！」

船の甲板で待機していた俺達が、水夫の指差す方向に揃って顔を向けると、遠くに見える海上に浮かぶ点。

船が近付くにつれ、それはどんどんと大きくなっていき——やがて、全てが露《あら》わになる。

「うぉぉ……」

その全貌《ぜんぼう》を前に、俺は小さく声を漏らした。

——コイツは、すごいな。

幽霊船なんて聞いて、漠然とボロボロの一隻の船を想像していたが……それは、違ったようだ。

幽霊船は、複数だった。

何隻ものぶっ壊れかけの船が積み重なり、それが一塊となって海上に存在している。非常にデカい規模だ。

言うならば、『船の墓場』が丸ごと海を漂っている感じか。

そんな状態でどうやって海上に浮いているのかが甚だ疑問だが……恐らくは、ダンジョンの不思議力でも作用しているのだろう。

……なるほど、これは案内人無しじゃあ、どうしようもないな。

闇雲に魔王のいる場所を探そうとすれば、数日、下手《へた》すればひと月以上も掛かることだろう。

船の様子を観察していると、さっそく俺の索敵スキルが敵性反応を感知し始め、幽霊船群の上やその周辺を漂う、火の玉やらレイスやら骸骨やらが目視でも確認出来るようになる。

うーん……全然可愛《かわい》くねぇ。

俺の中のレイス像なんかは、レイ、ルイ、ローの三人娘達が基本なので、大分可愛いことになっているんだが……やはり普通のレイスはただの化け物である。

こうやって見ると、あの子らはかなり特別な存在であるということがよくわかるぜ。

普通にレイスを召喚したつもりで現れた子達だったしな。生み出されたのが彼女らで本当に良かった。

「ヒッ……」

と、まだ船に乗り込んでもいないというのに、俺の隣でネルが小さく息を呑む。

「お前……まだ乗り込んでもないぞ」

「だ、大丈夫……全然大丈夫だから」

「いや、どう見ても大丈夫そうでは――」

「大丈夫だから！」

「お、おう……そうか。大丈夫か」

グイと顔を近付けてくるネルの圧力に、上半身を後ろに仰《の》け反《ぞ》らす俺。

何だろう、そうやって強く言うことで、自分に言い聞かせでもしているのだろうか。

「カロッタ殿。これ以上近付くと我々の船が捕捉《ほそく》され、攻撃を受けてしまう。……申し訳ないが、ここからはボートであそこまで向かってもらうことになる」

帆を畳んで船を停止させるよう指示を出してから、カロッタに向かってそう言う船長。

「あぁ、わかっている。我々が戻るまで、この場での待機を頼む。――さて、お前達。楽しいクルージングの時間は終わりだ。武装の最終確認を」

カロッタの言葉に、即座に装備の確認をし始める聖騎士達。

俺も、確認しておくとしようか。

そして、アイテムボックスから取り出したのは――。

「……おにーさん、今回は大剣じゃないんだね。それは……メイス？」

「おう、場が狭いってお前から聞いていたからな。新しいのを準備してきた」

エンを連れて来なかった今回のダンジョン攻略で、俺が使用する武器は――『戦棍《せんこん》』である。

轟滅《ごうめつ》：魔王ユキの作成した、黒の戦棍。立ちはだかる全《すべ》てを破壊し、己《おの》が覇を突き進む。 品質：S-。

銘は、『轟滅』。

アダマンタイト製で、金属の棒の先に突起の生えたかなり大きめの頭部が装着され、長さは両手剣と同じ程。

重量は、なんとエンよりもこちらの方が重く、無造作にそこらの床へ置こうものなら、恐らく床が凹《へこ》む。ダンジョンの床なら大丈夫だけど。

魔術回路は二つ仕込んであり、『重量倍増』と『爆裂』。魔力を込めて殴ると、一撃の重さが増し、そして爆発する害悪仕様だ。

何にも考えず、ただ力任せのごり押しを可能にする、というコンセプトで、コイツを造った。

あと、剣系の武器を持つと、ナイフくらいならまだ許してくれるが、それ以外はエンが若干拗《す》ねるので、全く剣に見えないような外見の武器にした、という事情もある。

魔王が絶対に勝てないものを教えてやろう。

それは、嫁さん、妹、自身の娘の三つである。悲しいね。

「確認は終わったようだな。出発するぞ！」

カロッタの号令の後、俺達は縄の梯子《はしご》を下り、海上に下ろされたボートへとそれぞれ乗り込む。

ボートは三艘。

コイツは、舵《かじ》の部分にエンジンとして魔道具が備え付けられた特殊仕様であるらしく、前世のボートのように漕《こ》ぎ手がいらず自動で動かすことが可能なのだそうだ。

非常に高価なもので、普段滅多に使われることはないそうだが、このダンジョン攻略のため港街ポーザの領主が奮発して揃えたとのこと。

それだけ、この幽霊船群の退治を彼も重視しているのだろう。

「ご武運を。敬礼！」

そして俺達は、船の水夫達に敬礼されながら、ボートのエンジンである魔道具を起動した。

そこまでスピードは出ないが、それでも手漕ぎよりは確実に速い速度で波を掻き分け、突き進んでいく。

視界に映る、どんどん近くなるボロボロの幽霊船群の姿は見れば見る程に不気味で、ネルじゃなくともゾクッとしたものが――よく考えてみればこれ、木造だよな。

木造ということは、つまり……燃えるよな？

「………………」

ゴソゴソと、アイテムボックスの中を漁《あさ》り出した俺を見て、幽霊船群に乗り込む緊張からか強張《こわば》り気味の表情で隣に腰掛けていたネルが、声を掛けてくる。

「？　おにーさん、何して――えっ、おにーさん⁉」

俺が取り出した数本のソレ――ミスリルナイフを見て、これがバ火力魔法を発動するための媒介であることを知っているが故に驚く彼女へ、俺はニヤリと笑みを浮かべる。

「ま、見てろ。――カロッタ！　そこで一旦《いったん》ボート止めてくれ！」

「む……？」

カロッタは、一瞬怪訝《けげん》そうな表情を浮かべながらも、味方に指示を出し、ボートを停止させてくれる。

三艘が止まったのを確認した俺は、数本構えたミスリルナイフに魔力を流し込んで魔術回路を起動すると、幽霊船群に向かって連続で投げ付けた。

投げ飛ばしたナイフは、見事全て船群の側面にズカカ、と突き刺さり――瞬間、発生するのは、五感が破壊されそうになる程の、音と光の乱舞。

赤黒い光が辺り一面を染め上げ、爆風が水面を叩《たた》き、熱波が離れた位置にいる俺達のところまで襲って来る。

「うわっ⁉」

「ぬおっ⁉」

驚きと恐怖混じりの短い悲鳴が、幾つか聞こえてくる。

幽霊船群を飲み込んだ爆風は海面を大きくうねらせ、発生した波が俺達のボートを揺らす。

――今回俺が使用したのは、魔術付与スキルのレベル『10』で覚えた、対軍殲滅《せんめつ》用魔術回路『爆《ばく》炎轟《えんごう》』が仕込まれたミスリルナイフである。

ひと度魔力を流し込んで起動すれば、何かに突き刺さると同時に凶悪な温度の爆発が発生し、塵《ちり》一つ残すことなく全てを溶かし尽くし、消滅させる。

周囲は、ただその余波だけで燃え上がり、さらに被害を増していくのだ。

一言で言うと、ナイフの形をした爆弾だな。例に漏れずＭＰをバカ食いするので、レフィと比べれば微々たるものでも、人間と比べれば化け物染みた魔力を持つ今の俺ですら、十本ちょっとも放てばＭＰが空になる代物なのだが……ただ、その効果はあったようだ。

今の一撃で、索敵スキル及びマップで見られる範囲での敵性反応が大幅に減ったのが確認出来る。

未《いま》だ高く昇った水柱で半分くらい見えていないが、実際目視で幽霊船群の様子を確認しても、大穴が開き、至る所で轟々と火が立ち昇り、大惨事になっているのがわかる。

いやー、それにしても、俺も大分投擲術《とうてき》が上手《うま》くなったな。

以前の俺だったら、多分五本投げて二本でも刺さればいい方だっただろう。

「クックック……残念だったな。このまお、じゃなくて、仮面に目を付けられたこと、後悔――って、あ……?」

もはやこのまま、燃え尽きて海の藻屑《もくず》になるんじゃないか、といった様子の燃え具合だったのだが……何か、ダンジョンの機能が用いられたらしい。

突如、穴の開いた部分の周囲の板がグネグネと蠢《うごめ》き始め、損傷個所《かしょ》の修復を開始し、数分も経《た》った頃《ころ》には何事もなかったかのように元の姿に戻ってしまっていた。

火災は未だ発生しているものの、見る限りだと大きな傷は全くなくなってしまい……いや、けど、俺自身がダンジョンの運営をしているからこそ言えることだが、今の修復の仕方はまず間違いなくＤＰ《ダンジョンポイント》を余計に使用しての修復だ。

それに、表面上は元に戻っていても、あの大穴が開いた部分に配置されていた魔物は確実に死んでいるため、新たな配下を再配置しない限りは空白地帯のはずである。

全くの無意味だった、ということはないだろう。

うーん……どうしようか。

このまま、俺のＭＰが空になるまでナイフを投げ続けるか、それともそこらの効率を考えて地道に攻略をしていくか。

前者の場合は、耐久勝負だな。

敵のＤＰが空になるのが先か、俺のＭＰが空になるのが先か。つっても、俺のＭＰが空になったら引いて、回復するまで待てばいいんだけど。

……ま、今回はダンジョン攻略しに来たんだしな。

他の魔王がどんなダンジョンを造っているのか、っていうのはこの目で実際に見てみたくもあるので、今後のために正攻法で行くか？

そんな風に思案していると、カロッタが声を掛けて来る。

「……仮面、そういうことをするのならば、事前の会議の際に言っておいてくれないか」

はい、すみません。

ついさっき、思い付いちゃったので……。

「な、何でぇ、今のは。仮面のあんちゃん、やべぇ実力じゃねぇか！」

こちらに向かってそう言うレイエスに、手をヒラヒラと振る。

ちなみに仮面は、今朝《けさ》冒険者ギルドに寄った時からずっと装着したままである。今回もカロッタからの要望だ。

「……それと、仮面。今のはまだ投げられるか？」

「投げられる。けど、同じような結果になりそうでもある。あっちも削れているとは思うが、魔力のことを考えると、地道に攻略した方が効率は良いかもしんねぇ」

「確かに、あの威力で連発は難しいか……いや、今ので相当数の敵が減ったことも確かだろう。これ以上を望むのは、贅沢《ぜいたく》が過ぎるか」

いや、連発は出来るんだけどね。

MPも上級マナポーションがあるから結構すぐ回復するし。

ま、今回は『君の心を燃やせ‼　バーニングッ‼』作戦は中止で、正攻法で攻略するとしようか。

まだ見ぬ冒険が、俺を待っている！

◇　◇　◇

「うおっ、危ね」

ビシリ、と踏み抜いた板から、足を抜く。

――一番初めに『爆炎轟』をかましたためか全く襲撃を受けず、半ば沈没している幽霊船群の一隻から乗船した俺達は、冒険者パーティの三人の案内に従い、甲板を伝って、中央に鎮座している一際デカい幽霊船の内部へと侵入を開始した。

このデカい幽霊船が、幽霊船群の中でも旗艦に相当する船らしく、敵魔王の下まで行くのに一番近道であるらしい。

「ふむ、情報通り足場が悪いな。足元は十分注意しろ」

カロッタの注意を聞きながら、先へと進む。

中は、外観と同じく相当に朽ち果てており、幽霊船じゃなかった時の名残《なごり》なのか木製のジョッキや皿、崩れかけの棚などがチラホラと見られる。

ふと置いてあった木椅子の背もたれに手を置くと、全く力を込めていなかったのだが、そのままバキリと折れてしまった。やはり大分腐っているようだ。

また、俺のダンジョンと同じく空間が拡張されているらしく、不自然なくらいに広い廊下や部屋がいくつもある。

幽霊船群の外観を見てかなり規模が大きそうだと思っていたが、この様子だと俺が考えていたものよりもさらに数倍広いかもしれない。

幽霊船のボロボロの壁から光が差し込んで来てはいるが、それ以外の明かりが一切ないために薄暗く、聖騎士達が魔法で明かりを出現させ、視界を確保している。

「グリファ殿、魔物の様子は、以前もこんな感じだったか？」

「いんや、前回よりも圧倒的に少ないですよ。あん時もこんだけ楽だったら良かったんですがねぇ……」

無造作にすら見える一撃で、スケルトンをバラバラにしながら問い掛けるカロッタに、そう答えるグリファ。

魔物の襲撃は、彼らの言う通り少ない。

やはり、最初の『爆炎轟』で大分削れてくれていたようだ。

スケルトンやらゾンビやらが数体襲っては来たが、数も揃《そろ》っていない一般徘徊《はいかい》モンスター如《ごと》きではこのメンツの相手にはならないので、もはやないものと一緒である。

ちなみにネルも、今のところは平気のようだ。

暗がりから「やぁ、こんにちは」と不意打ちで現れたりしなければ、緊張はしてもそれくらいで済むらしい。

そうして、とりあえず順調な滑り出しでダンジョン攻略を行っていると——。

「お、こりゃ……宝箱か？」

俺の視界に映ったのは、樽《たる》や木箱などが乱雑に転がっている倉庫らしい部屋の隅っこに、隠されるようにして置かれた一つの宝箱。

倉庫部屋を守るように、鎧《よろい》を身に纏《まと》った、他のヤツらよりも一段階上のステータスを持ったスケルトンが二体いたが、ぶっちゃけ全然強くなかったので今回の我が主武器である轟滅でバラバラにした。

戦棍、いいわ。

このダンジョンだと、相性が非常に良い感じだ。

「あんちゃん、気を付けろ。宝箱ってのは、五割が侵入者をハメるための、侵入者の気を逸《そ》らすための罠《わな》だ。中身が入っている場合しかり、入っていない場合しかり、な。それに、以前ここを通った時はこんな部屋なかったからよ」

と、宝箱に気を引かれている俺を見て、注意を促してくる冒険者のレイエス。

む……ゲームじゃないんだし、そりゃそうか。

俺だって、貴重品は城の方には置かないしな。

と言っても我が魔王城の場合だと、もうほぼただの幼女組の遊び場と化しているので、壊されたら困るようなものはそっちに置かないようにしている、という理由もあったりするのだが。

「オーケー、十分気を付けるよ。ま、けど任せろ、こういう時のためにいいモン持って来てんだ」

見逃すってのもあるが、初めての宝箱だしな！

仮に罠であっても、これは是非とも開けなければならないだろう。

一応カロッタに確認を取ると、「まあ、お前がやるのならばいいだろう」と許可を貰《もら》えたので、俺は宝箱の観察を始める。

索敵スキルが反応を示さないので、コイツがミミック的な魔物ではないことは確定。

魔力眼で確認してみると……あぁ、何か仕掛けられてはいるようだな。内部の一定個所に魔力が溜《た》まっていることが確認出来る。

錠前も、宝箱自体に組み込まれているものが一つ。フタを開きたければ、コイツもどうにかしなければいけない。

しかし、俺はそんな、罠を解除するような高等技術は持っていない。

ならば、どうするか。

――今こそ、今回のダンジョン攻略のために準備しておいた、魔王の秘密道具を使用するのだ！

「うわぁ……おにーさん、何それ？　なんか禍々《まがまが》しい感じだね」

「ほう、見たことのない魔道具だな」

俺がアイテムボックスから取り出したのは——『手』。

ナイフのように鋭利な、細長い指を五本持ち、掌《てのひら》部分は骨のような質感の素材で構成されている。

全面に魔力を流しやすくするための紋様が走り、それが指先まで広がっている。

コイツは、『イービルハンド』。今まで何度も使っているイービルアイやイービルイヤーと同じシリーズのゴーレムである。

出来ることは、罠や鍵《かぎ》の解除など、まさにダンジョン攻略にうってつけのもの。

仕組みとしては、指先から発した魔力を対象に当てることで、その構造、例えば罠ならばどういう仕組みの罠なのか、鍵ならば鍵穴の中がどうなっているのか、などを確認し、その後五本の指を駆使して解きにかかるのだ。

物によって解くのが完了するまでの時間が変化するが、実験した限りだと今のところコイツが解けなかったものはない。

DPで交換した前世の錠前なんて、一瞬で開けやがったからな。

こんな便利なアイテム、もっと早くに欲しかったところではあるが、少し前に精霊王が来て、彼に力を貰ってダンジョンの格が一つ上がった後にDPカタログに出現したゴーレムなので、その辺りは仕方がない。

結構なレアゴーレムではあるのだろう。

「やれ」

すでに魔力を充填《じゅうてん》済みであるイービルハンドをポンと放ると、器用にナイフの指をしならせて宝箱上に着地。

親指部分と小指部分だけで身体《からだ》を支えながら残りの三本の指が魔力を放ち、宝箱の状態を確認し始める。

少ししてそれを終えると、今度はカサカサとまるで生物のように蠢きながら宝箱の表面を隈《くま》なく徘徊し——やがて、カチャリと宝箱の内部から音が鳴った。

「よし、開いた！」

『おぉ……』

様子を窺《うかが》っていた後ろの連中が、感心した声を放つ。

俺は、さぁ初めての宝箱だと、ワクワクしながらそのフタを開け——。


『ゴー○トシップ』という映画がある。

少し昔のホラー映画なのだが、あの映画の中で、俺のトラウマになったシーンが一つある。

缶詰の飯を食っていたら、実はそれが……というシーンだ。

あれを見た後、俺自身も吐き気がして、しばらく何も食う気が起きなかったのだが……今、何故《なぜ》それを思い出したのかと言うと——。

「……………え」

――俺の視界に飛び込む、宝箱いっぱいにビッシリと詰まった、大量のウジ虫。

開いた瞬間、フタの裏側にくっ付いていたソイツらが、何匹も俺の指を伝って掌を上り始め――。

「んぎゃあああああああああッッ⁉︎⁉︎⁉︎」

俺は、悲鳴をあげて宝箱のフタから手を離し、腕をブンブンと必死に振って引っ付いたウジ虫を払い、転げながら大慌てで後退《あとずさ》って、たまたまそこにいたネルにあまりの恐怖から縋《すが》り付いた。

ひ、ヒィ……と、取れた⁉︎　全部取れたか⁉︎

「わっ、ちょっと……あー、今のは確かに、気持ち悪かったね……ほら、もう大丈夫だよ」

よしよし、と慰めるように頭を撫《な》でる彼女の腰の辺りに、膝《ひざ》立ち状態で抱き着いたまま、俺は唇を震わせて言う。

「ネル……お、俺はもうダメだ。死ぬかもしれない」

「蛆《うじ》にビックリしたくらいじゃ人は死なないから、安心しておにーさん」

彼女の温《ぬく》もりと苦笑気味の優しい声音にどうにか精神が落ち着いて来た俺は、我ながら無様極まりない姿であるとは思いつつも、変わらず縋り付いたままで深呼吸を繰り返し、ようやく立ち上がった。

「フゥ、フゥ……び、ビビった……マジで。ホントに。全身がゾゾゾッて、こう、もう、ゾゾゾッて、ヤバかった」

俺の語彙《ごい》力も大分ヤバくなっているが、無理。

今のは、ホントに無理。今世紀最大級に鳥肌が立ったかもしれない。

クッ……罠は解いたから、後は中身を確認するだけだと、初めての宝箱にかなりワクワクしていたのに……まさかこういう精神的苦痛を与えるトラップを仕掛けて来るとは。

しかもウジ虫以外何にも入ってなかったし！

おのれ魔王、絶対に許さん！

「……あのあんちゃん、何だかんだ言ってたのに、結局彼女ちゃんよりも先に悲鳴あげてんじゃねぇか……」

「……言ってやるな。あの者が、我々の中でも飛び抜けて強いことは間違いないのだ。強いことは」

ネルに引っ付いている俺を呆《あき》れた様子で見ながら、そう言うグリファとカロッタ。

その後ろで、聖騎士連中も苦笑いを浮かべている。

お、お前ら、言っておくがな、今のは俺じゃなくとも絶対ビビったからな！　絶対同じようなリアクションしてたからな！

手に何匹もウジ虫が上って来たら、余裕なんてかましてらんねぇからな！

◇　◇　◇

「キシャアアアア‼」

「うるせぇ死に損ないがッ！　もっぺん死んでろボケナスッ‼」

喉《のど》なんてないくせに、威嚇のような声をあげるデカい骨トカゲの鼻っ面に、轟滅を叩《たた》き込《こ》む。

インパクトの瞬間、仕込んだ二つの魔術回路、『重量倍増』と『爆裂』を発動することで、俺の一撃は致命の一撃と化し、骨トカゲの頭部がなす術《すべ》なく爆散する。

ただ、スケルトンはこれでもまだ動くので、確実に沈めるべく頭部を失った骨の図体《ずうたい》に二撃目を叩き込むと、全身が砕け散りピクリとも動かなくなった。

「おいおい……仮面のあんちゃん、スケルトンサラマンダーを二発でぶっ殺しやがったぞ。アイツって確か、戦災級の魔物だったよな？」

「……凄《すさ》まじいわね」

呆れ混じりにそう言うレイエスとルローレに、ネルが「あはは……」と笑って答える。

「あー……いつもは彼も、もう少し慎重に戦うんですけどね。まあ、戦災級程度なら彼にとって警戒する相手じゃないので、多分憂さ晴らしをしているんだと……」

「憂さ晴らしでワンパン退場になるスケルトンサラマンダーがすっげー哀れだな……つか、多分階層主相当の相手のはずなんだが……」

「あ？　これが階層主？」

魔術回路の発動を切った轟滅を肩に担ぎ上げ、俺は怪訝《けげん》な表情でレイエスに問い掛ける。

階層主というのは、一言で言うと中ボスだ。

ウチのダンジョンなら、リルがこれに相当する。

けどコイツ、魔境の森でも南エリア相当の強さしかねーぞ。これで中ボス相当、リルと同じって言われると、流石《さすが》に拍子抜けだ。

「言わんとすることはわかるぜ。確かに階層主にしては若干弱めの相手じゃああるんだが、その代わり同程度の強さを持つヤツが要所要所で結構な数配置されてやがるんだよ。……つっても、あんちゃんみたいにそんな簡単にぶっ殺せるような相手じゃないことだけは確かだが」

ふーん……質じゃなくて、数を重視した結果っつー訳か。

このダンジョン、相当入り組んでいて魔王に至るまでの道が複数あるようだし、それら全《すべ》てを守るとなれば、そういう方針もありなのかもしれない。

と、彼らと会話を交わしている間に、放っておいたイービルアイがこの先の様子を捉《とら》え、俺のマップを埋めていく。

「チッ……ダメだ、こっちは行き止まりっぽいな。隠し扉とかあったら、流石にわからんが」

「……何で見てねぇ先の道の様子までわかんだって言いてぇところだが、あんちゃんがそう言うんなら、そうなんだろうな……」

レイエスの言葉に、俺は特に何も答えず、肩を竦《すく》める。

そりゃあ、隠密《おんみつ》スキルを発動可能なタイプのイービルアイをこっそり放っておいたからな。

おかげで、このダンジョンのマップもどんどん埋まっているのだが……先程から行き止まりに当たってばかりで、ほとんど先に進めていない。

どうも、前回冒険者諸君が攻略したルートが、全くの別物になってしまっているらしい。

恐らくは魔王のヤツが危険を感じ、ＤＰを消費して道を変えたのだろう。

もしかしたらその可能性もあると、当初の想定の範囲内ではあるのだが、そのせいで少々足止めを食らってしまい、現在二手に分かれて探索を行っている。

聖騎士連中と冒険者パーティのリーダーグリファを連れたカロッタ達で一グループ。冒険者パーティの残り二人、レイエスとルローレ、そして俺とネルで一グループだ。

向こうと比べこちらは少人数での探索となっているが、まあ俺とネルがいればむしろ戦力過剰ですらあるので、全く問題はない。

「そうすっと……可能性としちゃあ、聖騎士の方々の方がアタリか、あんちゃんの言う通りどっかに隠し通路があるか、だな。後者の場合だと、クソ面倒くせーことになりそうだ」

「そうだな」

この広さのダンジョンを、隠し通路まで気にして捜索するとなれば、相当骨だぞ。

どうしたもんかと思案していると、レイエスはいつもの飄々《ひょうひょう》とした表情を少し真面目《まじめ》なものに変え、口を開く。

「……あんちゃん、この先が行き止まりってのは、間違いなさそうなんだな？」

「あぁ。少なくともどこかに繋《つな》がる道はなかったな」

「……先は行き止まり。が、どういう訳かこの場所を階層主相当の魔物が守っていた。となると、やっぱここ自体に何かあるんじゃねぇか？　攻略者からは隠したい、けど守りを手薄にはしたくないと魔王が思っているような、何かが」

「へぇ……？」

ニヤリと笑みを浮かべ、レイエスは言葉を続ける。

「迷宮攻略ってのは、要は化かし合いだ。魔王と攻略者、どっちが上等な頭脳を持ってるのかっつーな。だが、魔王側と違って俺達の方にゃあ、有利なモンが一つある。冒険者達が長い年月を掛けて積み上げて来た、知識っつー大きな財産だ」

「……なるほど」

冒険者が積み上げて来た、ダンジョン攻略におけるノウハウ、か。

ダンジョンを運営する側の俺としては、是非とも知っておきたい知識である。

「ま、見てろよ、あんちゃん。今度は俺が、冒険者の仕事ってのを、見せてやるよ」

感心した様子の俺に、レイエスはグ、とサムズアップしてから壁に手を触れ、真剣な表情で周囲を子細に調べ始めた——。


——数十分後。

「特に何もなかったわ」

「何やねん」

秒でツッコミを入れる俺が、そこにいた。

「……レイエス、今アンタのせいで、冒険者の株が相当下がったわよ」

ジト目のルローレに、レイエスは若干慌てた様子で言葉を返す。

「しゃ、しゃーねーだろ！　こればっかりは、毎回思い通りに進む訳がねーんだからよ！」

「あ、あはは……そうですね、万事上手《うま》く行く、って訳じゃないことは、僕達もよくわかってますから……」

困ったような笑いを溢しながら、フォローに回るネル。

「ほら、年下の女の子にフォローされちゃってるじゃないの。情けないわね」

嘆息するルローレに、形勢不利と判断したのか、誤魔化《ごまか》すようにゴホンと一つ咳払《せきばら》いをするレイエス。

「と、とにかく！　これで、俺達の方はハズレだってことがわかったな。聖騎士の姉さん達が戻って来るのを待つか？」

「俺達は素人《しろうと》だから、どうするかの判断はそちらさんに任せるぞ」

「そうですね、慣れているルローレさんとレイエスさんにお任せしたいかと」

俺とネルの言葉に、二人は顔を見合わせる。

「……私は、もう少し私達だけで探索してもいいと思うけれど。戦闘には今、相当余裕があるし」

「余裕っつか、そもそも俺ら全然仕事してねぇけどな。……が、そうだな、まだ大して消耗がねぇのも確かか……お二人さん、もう少しだけ頼らせてもらってもいいか？」

「了解、任せろ。ここの魔王を俺達でもっと困らせてやろう――と、さっそくその機会がやって来たっぽいな」

話しながら俺は、肩に担ぎ上げていた轟滅を下ろし、前に構える。

「ネル、構えろ」

「う、うん！」

彼女もまた感じ取ったのだろう。すぐに聖剣を構え、険しい表情を浮かべる。

「……敵か？」

「……その感じだと、ちょっと厄介そうね」

俺達の様子を見て異常を察したらしく、同じように構えを取るレイエスとルローレ。

マップ機能に映り、索敵スキルで感じ取った、大量の敵性反応。

――ダンジョンモンスターの襲撃である。

◇　◇　◇

魔物どものほとんどは、スケルトン。レイスや他のアンデッドなんかもいるようだが、大半が剣と盾を武装した骨どもだ。

中には、先程ぶっ殺したようなスケルトンサラマンダーやなんか強そうなデカいゾンビも十数体程混じっている。

恐らく、魔王の方も本腰を入れて侵入者――俺達の排除に動き出したのだろう。

なかなか奮発するじゃないか、魔王さんよ。

お前が費やしたＤＰ、全てゴミに変えてやろうじゃないか。

「おにーさんっ、敵の数は⁉」

俺のダンジョン関連の機能を見ることの出来るネルが、マップを開いている俺を見て、近付いて来るスケルトンを聖剣でバラバラに砕きつつ聞いてくる。

「およそ三百程！　ほとんどが骨どもだが、さっき言ってた戦災級のヤツらがそこそこ混じってやがる！　気ぃ抜くなよ！」

と、その俺の言葉に、反応を示したのはネルではなくレイエスだった。

「んなっ、三百だと⁉　そんな数、どこから現れやがったんだ……ッ‼」

俺は轟滅を振り回しながら、レイエスに向かって問い掛ける。

「レイエス、以前にこういう襲撃はッ⁉」

「ねぇよ！　ったく、あんちゃん達と一緒にいると、退屈しねぇなッ‼」

そう悪態は吐《つ》くも、しかし今回の攻略の案内人として選ばれるだけの実力を、レイエスは確かに持っているようだ。

彼は構えた弓に矢を番《つが》えると、目にも留まらぬ速さで連射し、そして放たれた矢は身の部分が少ないスケルトンの頸椎《けいつい》に寸分違《たが》わず突き刺さり、そこから上をすっ飛ばしている。

近付いて来た敵には、手に持った矢を刺突武器として使い、攻撃を回避するのと同時に相手の急所へと正確に突き刺している。

死霊系の魔物は首から上を飛ばしても普通に動きやがるのだが、しかしそうしておくと相手がこちらを視認出来なくなるらしく、撃破とはいかずとも無力化が可能となるのだ。

こうして相手の数が多い時は、無理に倒し切ることを考えるより、そういう対処の方が有効なのかもしれない。

「魔が者達を燃やせ‼　『ファイアジャベリン』‼」

俺達の一歩後ろでは、ルローレが火魔法を発動して敵数体を丸ごと燃やしており、非常に高い精度で皆の援護を行っている。

魔法の威力はぶっちゃけそこまででもないが……いや、これはわざとっぽいな。

先程から、自身の周囲と俺達の死角にいるような敵に対してのみ攻撃を行い、それ以外はこちらに任せて完全に無視している。

恐らく、味方を巻き込まず、かつ連戦することを視野に入れ、敵を撃破可能なギリギリの威力に調整して魔法を放っているのだろう。

装備からしてもある程度予想は付いていたが、レイエスが前衛も出来る中衛、ルローレが完全な後衛ってところか。

今は俺とネルが前衛をしているが、いつもはここにリーダーのグリファが入ることで、バランスの取れたパーティとなるのだろう。

「へぇ、やるなぁ！」

「感心してくれてありがとよ‼　けどおじさん、あんちゃんがこっち見てないで戦ってくれるともっと嬉《うれ》しいんだが‼」

おっと、それもそうだな。

そろそろ俺も、俺の仕事をするとしよう。

轟滅で死霊どもをかっ飛ばしながら、俺は魔力を練り上げ――。

「――行け」

放つのは、俺の魔法における常套手段《じょうとうしゅだん》である、水龍。

最近さらに練度が上がり、十匹ならば同時に放って操れるようになった俺は、その最大数で生み出した我が水龍達を骨どもに向かって放つ。

嬉々《きき》として空中を駆ける水龍達は、周囲の通路に群がる敵をそれぞれ大量に飲み込むと、次にとぐろを巻いて水の牢《ろう》と化し、内部で渦巻く高速水流が食らった全《すべ》ての敵を一緒くたに細切れにする。

そうして出来上がるのは、骨と腐った死体が原材料のミックスジュースである。骨が多めだからか、全体的に白い。

……クソグロくて吐きそう。別の魔法にすれば良かった。

「……なぁ、これ、やっぱり俺達、いらねーんじゃねぇかな」

「……彼だけで別に構わない気がするわね。というか、今の無詠唱よ？　無詠唱で何であんな威力が出るのかしら……」

一瞬だが、攻撃対象が全て俺の魔法で消し飛んだため、生まれた空白で呆然《ぼうぜん》とそんな会話を交わす二人。

ま、こう言っちゃここを攻略して来た冒険者連中に悪いが……魔境の森で毎日ヒィコラ言って逃げ回ってる俺を、こんな意思の不確かなアンデッド程度で困らせられるとは、思わないことだ。

俺を倒したければ、リルレベルの魔物でも――いや、本当に出て来られたら割とマジでヤバいな。

普通に死ねる。

やっぱり今の雑魚《ざこ》だけでいいです。

「安心してくれ、まだまだ敵はいるから、活躍の機会はたんまりあるぞ。——と、ネル、レイスの対処は頼んだぞ！」

壁をすり抜けて来たらしく、突如として近くに姿を現したレイスどもが、憎悪の表情で放つ多種多様な魔法を回避しながら、俺はネルに叫ぶ。

レイスが物理攻撃を透過することは、我が家のレイス娘達と遊んでよく理解している。

実際、今攻撃して来ているコイツらも、俺の水龍をすり抜けたのだろう。

レイスに効率的にダメージを与えるには、ネルが持つ『聖魔法』のような、専用の魔法が必要になるのだ。

「任せて！　闇《やみ》を払いし主の光を、我が剣に‼　『エンチャント・ブレス』‼」

ネルが詠唱を終えると同時、彼女が構える聖剣が仄《ほの》かに光を帯び始める。

レイスどもは、その光を最大の脅威として判断したらしい。

俺やレイエス達に魔法を放っていたヤツらは、ネルが魔法を発動すると同時に一斉に身を翻して彼女へと向かい、生者に対する憎しみの表情を前面に押し出しながら、ただ一人に向かって攻撃を開始する。

「っ、嬢ちゃん、避《よ》けろッ！」

「ネルちゃん！」

レイエスとルローレが慌てて援護に入ろうとするが――我が嫁さんは、勇者である。

レイスどもに群がられても、全く焦った様子もなく敵の魔法をヒョイヒョイと避け続け、そしてお返しとばかりに光を放つその聖剣で飛び回っているレイスを斬りつけると、物理攻撃をすり抜けるはずのヤツらが見事に真っ二つとなる。

見ていて愉快になる程ギョッとした表情になるレイスどもは、そのまま彼女の攻撃で、なす術もなく次々と撃破されて行った。

「あー……勇者の嬢ちゃんも、あんちゃんと同じ側の人間だったか……」

「……私達が心配するまでもなかったわね」

うむうむ、ウチの嫁さんの凄《すご》さを、彼らもようやく認識し始めたようだな。

でもネルさん、レイスが物陰から急に現れる度に、ビクッと身体《からだ》を震わせるのがなかったら、もっとカッコよかったんですけどね。

ビックリさせられる系は、やっぱりダメなのだろうか。

「――って、うおっ⁉」

その時、敵の中に混じっていた一体の骨のデカブツ――分析スキルによると、『エルダースケルトン』とかって名前のヤツが新たに通路の奥から現れ、装備している大剣の斬撃をレイエスに向かって放つ。

彼は接触するギリギリのところで機敏に跳んで回避し、その回避の最中《さなか》に素早く番えた矢をエルダースケルトンに向かって射るが……矢は弾《はじ》かれ、刺さらない。

普通の骨よりも、大分硬いようだ。きっとカルシウムたっぷりなのだろう。

「チッ‼」

「代われッ‼」

俺の言葉に即座に反応を示し、再度繰り出される大剣の一撃を今度は余裕と共にサッと身を翻して躱《かわ》したレイエスは、大きく退《すさ》って場を空ける。

そこに突っ込むのは、俺。

エルダースケルトンの眼前に躍り出た俺は、ヤツの重量級の攻撃——と言っても、まだまだ余裕で受けられるレベルのその斬撃を轟滅で弾き返し、魔術回路二つ、『重量倍増』と『爆裂』を発動させてその場でぐるんと回転すると、遠心力を乗せた一撃をデカブツ骨にお見舞いする。

俺の攻撃を顔面に食らったデカブツ骨は、ガラス細工が粉砕するかの如《ごと》く頭部を爆散させ、残った身体がバランスを崩して床に転ぶ。

無造作に暴れているその気色悪い骨の標本に、さらに轟滅を振り下ろすことで、バラバラになって完全に動かなくなった。

「助かったぜ、あんちゃん！」

「おうよ」

ホッと一息吐くレイエスに、俺は短く返事をする。

……つっても、俺が手を出さずとも、何かしらの倒す手段はあったみたいだな。

さっき俺が声を掛ける前に一瞬、魔術回路のような紋様が描かれた、通常矢には見えない特殊な

矢を矢筒から取り出そうとしていた。

恐らく、彼なりの強敵に対する攻撃手段は、しっかりと有しているのだろう。

まだまだ先は長いので、それは残しておいてもらうとしよう。


そうして俺達四人で骨どもを粉々に粉砕し続けていると、溢《あふ》れるように現れていた魔物どもは瞬く間に数を減らして行き――。

「うし！　これで最後か」

残り一体となったアンデッドを挽き肉に加工した俺は、ビュッと振るって轟滅についた肉片を払う。

「……一時はどうなることかと思ったんだがな。なんつーか……あんちゃん、冒険者になってウチのパーティに入らねぇか？　嬢ちゃんも一緒に入ってくれていいぞ」

「悪いが、あんまり長く家を空けられない身でな」

「ふふ、お誘いはありがたいんですが、仕事がありますから。それに、おにーさんの――ううん、僕達の家、ちょっと遠いんですよ」

……僕達の家か。

嬉しいことを言ってくれるぜ。

俺達の断りに、本人も冗談で言っていたのだろうが、割と本気で残念そうな顔をするレイエス。

「そうかい、そりゃ残念――待て、ということは、二人は同棲《どうせい》してんのか？」

「あらあらあら、その辺り、お姉さんも興味あるわね！」

興味津々な様子で、目を輝かせるルローレ。

女性はやはり、そういう話が好きなのだろうか。

「あー、同棲、ではあるのか？　二人だけで住んでる訳じゃないが……」

「うーん、確かに何て言ったらいいのか、ちょっと微妙なところだね」

「あん？　二人だけじゃないってことは、その歳《とし》で子持ちってか？」

微妙に言葉を詰まらせる俺とネルに対し、レイエスは怪訝《けげん》そうな表情を浮かべながらも茶化すような口調でそう言う。

「子供もいるな。俺の子と言えるのが一人、いや一振りと、妹と言えるのが二人……じゃなくて、五人？　と、住み込みメイドさんが一人と、あと他に嫁さんが二人に、ペットが数匹と住んでるんだ」

レイス娘達は、俺にとって何に相当するんだろうな。

娘、という感じともちょっと違うし、かと言って勿論《もちろん》、リル達のようなペットではないし……あぁ、いたずら仲間か。

まあ、やっぱり妹だな。うむ。

「は⁉　つ、つまり、あんちゃんは嫁さんが三人いるのか⁉」

「そういうことだな」

愕然《がくぜん》とした表情を浮かべるレイエスに、俺は肩を竦《すく》める。

「……仮面君、誠実そうでいて、実はとんでもない誑《たら》しじゃないの……」

戦慄《せんりつ》の表情を浮かべるルローレ。

誑しとは失敬な。何故《なぜ》こうなったのか、俺でも謎だというのに。

「……じょ、嬢ちゃんは、その、いいのか？　そんなたくさん、あんちゃんに嫁さんがいて……」

「おにーさんと出会ったのは、僕が一番後でしたから。それに、二人ともとってもいい子で仲良くさせてもらってますし、一緒にいると毎日すっごく騒がしくて楽しいんですよ」

ニコニコ顔のネルの言葉に、しばし口を開けたアホ面のまま固まっていたレイエスは、突如キリッとした顔を浮かべ、こちらを見る。

「あんちゃん」

「何だ」

「師匠と呼ばせてくれ」

「ふむ……道は険しいぞ」

「覚悟の上だ。俺は、俺は……あんちゃんみてぇに女にモテてぇ‼」

グッと、拳《こぶし》を握り締め、力強く言葉を放つレイエス。

「……本気のようだな。その覚悟、しかと受け取った」

へへぇ、と平伏する彼を前に、俺は「うむ」と厳《いか》めしい顔で一つ頷《うなず》いた。

「……ネルちゃん、こう言っちゃ失礼だけど……ウチのが一番馬鹿なのは間違いないけれど、その……仮面君も相当アレね」

「あー……気付いちゃいましたか」

呆《あき》れた様子で「男って、どうしてみんなこう、馬鹿なのかしら……」と呟《つぶや》くルローレに、ネルは特に否定することもなく、ただ曖昧《あいまい》に笑っていた。

◇　◇　◇

「師匠！　茶を淹《い》れたぜ！」

「うむ」

茶を淹れたも何も元々水筒に入っていたものなのだが、わざとらしく真面目《まじめ》腐った表情を浮かべるレイエスから茶の入ったコップを受け取り、一口飲む。

「――マズい！　こんな茶で女性を満足させられるとでも思ったかッ‼」

茶の味なんて全くこれっぽっちもわからないが、しかしそれっぽくしかめっ面で、俺はレイエスを怒鳴る。

「申し訳ねぇ、申し訳ねぇ！　今後、美味《うま》い茶を淹れられるよう、精進するぞ、師匠！」

「そうしろ。考えてもみることだ、例えば普段ガサツな男が、ふとした機会に茶を淹れてみれば、どういう訳かとても美味い。すると、『あれ？　この人のお茶、美味《おい》しいな……』と相手の記憶に意外な印象を残すことが出来る訳だ」

「お、おぉ……！　確かに！」

レイエスは感銘を受けたのか、感嘆の声をあげる。

「ということは、師匠もそうやって茶を振る舞った経験があるんだな！」

「えっ、い、いや、どうだったかな……」

茶の淹れ方など露程も知らないため、当然ながら誰かに茶を振る舞った経験もないです。

「……おにーさん、前にレイラからお茶の淹れ方聞いて、でもやっぱりまどろっこしかったから、『今後全部お前に任せるわ』とか言ってなかったっけ？」

俺が口先だけでテキトーなことを言っていると理解しているネルが、ニヤニヤしながらこそっと耳打ちするが、彼女の言葉は聞かなかったことにして、誤魔化《ごまか》すように一つ咳払《せきばら》いをする。

「ゴホン……とにかく！　レイエス、貴様に必要なものは、日常における細やかな技術だ。一つ一つ、着実に学んでいけ」

「わかったぜ、師匠！」

「うむ、ならばよい。肝に銘じておけ、全《すべ》ての技術は己《おの》が糧となり、大いなる財産、そして武器となるのである……」

「へへぇ！　ありがてぇお言葉でさぁ！」

そしてレイエスは、恭しく頭を下げた。

「……あー……その……こりゃ、一体全体どうなってやがるんだ……？」

と、俺達の茶番を何とも言えない表情で見ていたグリファが、ポツリと呟く。

「……頭が痛くなるだろうから、聞かない方がいいわよ」

呆れたような苦笑を浮かべつつため息を吐《つ》くのは、ルローレ。

何と言うか、彼女からは面倒見の良い年上のおねーさんって感じが漂ってるな。

パーティリーダー自体はグリファのようだが、きっと彼女が男連中のまとめ役なのだろう。

「……平常運転のようで、安心したとだけ言っておこう。こちらと同じように、そちらでも襲撃があったようだしな」

「ん、その言い種《ぐさ》だと、そっちでも襲撃があったのか」

「あぁ、あった。たっぷりと骨どもが現れたぞ。……と言っても、そちらよりは小規模だったようだが」

俺の質問に、コクリと頷くカロッタ。

——現在俺達は、別行動していた聖騎士連中と合流を果たしていた。

俺達の方に魔物の襲撃があった以上、別動隊の方にも襲撃があったかもしれないと考え、俺達だけで探索を続行するという方針を取りやめて来た道を引き返し、一度彼らと合流したのだ。

そして、その予想通りであった、と。

ただ、話を聞くに、どうも襲撃の規模は俺達の方よりも小さかったようだ。

三百近く襲って来たこちらに対し、彼らの方は百ちょっと。戦災級の魔物も現れたようだが、それも数体のみだったらしい。

その事実から考えると、敵魔王は俺達の方をより脅威であると判断していたのだろう。

……俺のステータスは、現在は人間に偽装している時の数値に変更済みなのだが、もしかすると敵魔王はそれを看破しているのかもしれない。

いや、確実にそうだろう。

魔王は、ダンジョンに備わった機能である『マップ』を使うことが出来る。

ということはつまり、対象から取得可能なＤＰの量を確認することが可能な訳だ。

俺のダンジョンでは、当然ながら俺自身から得られるＤＰはゼロだったが、こちらのダンジョンでは違うはずだ。

まず間違いなく、俺からの取得ＤＰは本来のステータスからして、この中で一番高い数値を示しているることだろう。

それさえ確認出来れば、たとえ偽装スキルでステータスを誤魔化せていても、あまり意味はない。

俺も、ステータスと取得可能ＤＰの値が噛《か》み合っていなかったら、後者の数値を参考にするだろうからな。ＤＰを誤魔化す方法なんて、多分存在しないだろうし。

加えて、こっちにはネルもいた。

聖騎士連中も強いは強いし、カロッタも相当な実力者であるのは間違いないが、それはあくまで人間の範疇《はんちゅう》の中での強さだ。

敵魔王が俺とネルがいる方をどうにか潰《つぶ》そうと考え、多くを寄越《よこ》した可能性は高いだろう。

「それで……こっちは空振りだったんだが、そっちは魔王への攻略ルートに目星付いたか？」

「あぁ。恐らく、という道は見つけた」

「へぇ……え？　見つけたの？」

正直なところ、今日中に見つけるのはもう無理じゃないか、などと考えていたので、頷いたカロッタを思わず二度見する。

「ただ、一つ問題――というか、面倒があってな。そのため、襲撃がある前から一度お前達と合流しようと思っていたのだ」

「……確かに、問題というよりは、面倒でしたなぁ」

カロッタの言葉に、グリファが苦笑いを浮かべて同意する。

……面倒、ね。

俺の内心を読み取ったのだろう、カロッタはこちらを一瞥《いちべつ》してから、言葉を続ける。

「口で説明するよりは、実際に見てもらった方が早いだろう。――そういう訳だ、付いて来い」

◇　◇　◇

「あー、なるほど……」

目の前に広がる光景に、俺はそう呟く。

こりゃあ……確かに面倒だ。

――カロッタに連れて行かれた先にあったのは、墓地だった。

空には曇り気味の暗い夜空が広がり、濃い霧が辺りに立ち込め、そして朽ちた墓石が点々と土の地面に建てられている。

そう、土の地面だ。

空間は見渡す限りだと際限なく広がっており、ついさっきまであった船の揺れはこれっぽっちも感じられない。

全くの別空間が、ここには広がっていた。

恐らく、俺のダンジョンの草原エリアと同じものだ。

ここだけ新たに階層を追加し、墓地エリアにしたのだと思われる。

そして——俺の魔力眼に映る、幾つもの魔力反応。

魔物らしき生物の形状をしている魔力反応もあるが、その多くは地面から感じ取ることが出来る。

地面にある、魔力の塊とは何か？

それは、トラップだ。

この墓地エリアには、どうやら暗闇《くらやみ》に紛れさせた罠《わな》が大量に仕掛けられているらしい。

「罠か」

「うむ、そういうことだ。この薄暗闇の中に、罠と魔物を確認した。それも、相当な数のな」

「確かに、大量にありそうだな……」

魔力眼があれば、その構造の内部に魔力を有しているような、魔法を発動して攻撃するようなタイプの罠は見抜くことが可能だが、それ以外の純物理的な罠、例えば落とし穴や落石、剣山のような罠には反応を示さない。

この墓地にあるのが魔力式の罠だけであるとは考え難いから、十中八九両タイプのものが仕掛けられているだろうし、魔力式の罠だけでかなりの数があるのを魔力眼で確認出来る以上、同じ数だけ純物理的な罠も仕掛けられていると考えるべきだろう。

「この墓地の先が、魔王に繋《つな》がるっていう根拠は？」

「以前魔王にまで至る際、付けておいた目印が残っていたそうだ。そうだったな、グリファ殿？」

「えぇ、前回のがまんま残ってますね。つっても、以前はこんな墓地なんかなく、このまま階層主の部屋まで繋がってたんで、もしかするとこの先もスカになってる可能性は残ってるんすが」

そう言ってグリファは、トントンと墓地に繋がる扉の外側、まだ普通の船の様相を成している側の壁を叩《たた》く。

そこには、チョークのようなもので描かれた印が残っていた。

こうやって目印を記すことで、通った道と通っていない道を区別しているのだ。ここに来るまでにも、レイエス達が目印を描いていたのを覚えている。

「おぉ……こりゃ、確かに前に俺らが付けた目印だぜ、師匠。前はこの先で階層主が待っていやがった。階層が追加されてるってんなら、魔王の野郎がビビって、新たに侵入者を阻む仕掛けを追加したんじゃあねぇか？」

「なるほどな。となるとやっぱり、この先に魔王がいる可能性は高そうか」

そうレイエスと話していると、俺の横でグリファが口を開く。

「……なぁ、レイエス。やっぱり気になるから聞いておきたいんだが、何でお前、仮面のあんちゃんのことを師匠って呼んでるんだ？」

「そりゃ勿論《もちろん》、俺の心の師匠だからだぜ、リーダー！」

「……いや、全然わかんねーんだけど」
グ、とサムズアップするレイエスに、グリファは呆れた様子で言葉を返した。
「うっ……おにーさん、こ、これ、どうする？」

と、ここに来てあからさまなホラー空間に出たためか、ネルが若干ビビった様子で俺の服の端をちょびっと掴《つか》んで来る。

俺は、彼女の頭をぐしゃぐしゃと撫《な》でながら、周囲を確認して呟く。

「……わざわざ律儀に罠を解除していく必要もない、か」

「ほう？　では、どうする？　行きに使ったあの破壊魔法でも使うか？」

興味を引かれたのか、興味深そうな表情でカロッタが問い掛けて来るが、俺は首を横に振る。

「いや、あれは威力が高過ぎて、ここで使ったら多分俺達も余波を食らうから、やめておこう。――けど、ま、俺の手があれだけしかないと思っているんなら、そいつは大間違いだぜ？」

いつもいつも、ただバ火力魔法をぶっ放すだけじゃないというところを、見せてやろう。

ニヤリと笑い、前へ向き直った俺は、魔力を練り上げ始める。

よし、それじゃあ……耕すか。

「――来い」

範囲を指定し、俺の魔力を流し込み――そして、魔法を発動する。

「おわっ⁉」

「な、何だ⁉」

同時、墓地の地面がゴゴゴ、と揺れ始め、背後の聖騎士連中と冒険者連中が驚きの声を漏らす中、少しして現れたのは――人間であれば一口で丸呑《まるの》みにしてしまいそうな、巨大なサイズの、土龍《どりゅう》。

周囲一帯の地面を材料にして生み出したため、身体《からだ》のあちこちから墓石が飛び出し、一緒にスケルトンも飲み込んでいたのか、哀れに腕だけを振り回して暴れているヤツが数体覗《のぞ》いている。

コイツが生まれる過程で幾度か爆発や何か霧のようなものが噴射されていたが、恐らく仕掛けられていた罠が土龍の内部に取り込まれたことで、暴発したのだろう。

「食らえ」

土龍は咆哮《ほうこう》をあげると、まるで重機が如く地面をガジガジと齧《かじ》り始め、罠を丸々呑み込んで俺達の道を作り始める。

バフンボフンと体内から何か罠の起動する音が聞こえて来るが、傍《そば》から次々と土を飲み込んで修復されるため、土龍に対するダメージは皆無である。

――俺の魔法に対する適性は、第一が『水』。そして、第二が『土』だ。

故に、水より一歩劣っていても土の扱いはそれなりに得意であると自負しているし、俺の魔力を以《もっ》てすれば、この場に存在する土に魔力を流し込んで支配下に置き、自由自在に操ることも可能となる。

これで、異世界版ブルドーザーの完成だ。

罠の簡単な解除方法を知っているか？

それは、一度起動してしまうことだ！

「うし、これで道が出来たな。行こうか」

「……おにーさんがいれば、工事とかとっても捗《はかど》りそうだね」

「お、じゃあ、始めちまおうかな、まお――じゃなくて、仮面工事会社」

「フフ、うん、そうだね、仮面工事会社ね。でもおにーさん、工事会社作っても、家を建てたりとかは出来ないでしょ？」

「じゃあ、仮面地面耕し会社にしよう」

クスッと笑うネルに、肩を竦《すく》めて答える。

と、その俺とネルの会話を聞いて、笑い声を溢すカロッタ。

「クックッ、ならば、その折には是非とも、仕事をお願いしたいものだな」

「えっ……地面を耕すことしか出来ない会社だけど、いいの？」

「お前の会社に仕事を頼むという名目で、超長期間の仕事を依頼して他で仕事出来ないようにさせ、お前自身を教会で囲ってしまおうと思ってな。なに、安心しろ。飼い殺しなどにはせず、馬車馬のように扱《こ》き使ってやるぞ」

「……ネル、お前んところのボスが怖いから、やっぱり会社の設立は諦《あきら》めるわ」

「あはは……そうした方が良さそうだね」

そうして俺とネル、カロッタが土龍の作る道を進み始めた後ろで、グリファが聖騎士達にこそっと耳打ちする。

「……なぁ、あの三人、こんな大規模魔法を前にして、何であんな淡々としてんだ？　お宅ら、ちょっとおかしいんじゃないか？」

「誤解しないでいただきたい。……おかしいのは、あの三人だけです」

「あぁ……そうだよな」

そう言ってグリファとその聖騎士は、妙な連帯感を感じさせる表情で互いに頷《うなず》き合っていた。

聞こえてるからね、君達。

◇　◇　◇

「えーっと……土龍、もう少しだけ右だ」

放ったイービルアイで辺り一帯を確認しながら土龍に指示を出し、どんどん先へと進ませて行く。

周囲が暗いせいで少し時間が掛かってしまったが、実は次のエリアへと行くための扉はすでに見つけてある。

ただ、土龍の地面を耕すスピードがそこまで速くないので、到達するにはあと二時間くらい掛かりそうだ。

この墓地エリアが、かなり広いのだ。ウチのダンジョンの草原エリアより、二倍くらい広いかもしれない。

とは言っても、正直広い方がありがたい。

今まで、船の中という制限された空間が続いていたため、こういう土龍のようなヤツは出せなかったのだが、広さがあればこっちのものだ。

魔力も、上級マナポーションを飲んで随時回復し続けているので、今のところ問題なしである。

「あ、おにーさん、宝箱、宝箱だよ」

「……やめろ、宝箱は当分近付きたくない」

いたずらっぽくそう言うネルに、嫌――な顔を浮かべて言葉を返す。

多分俺は、今後二度と宝箱を開くことがないのではなかろうか。

「うむ、十中八九罠だろう。放っておくが、いいな？」

部下ではない冒険者連中にカロッタは一応確認を取り、彼らもまた、異議無しと頷く。

「じゃ、中に罠があるかもしれんから、壊しとくぞ」

無造作に道端に置かれている宝箱を、土龍に食わせて粉々に粉砕し、再度先へ進ませる。

「……それにしても、仮面のあんちゃんがいると、ホントに道中が楽だな」

グリファの言葉に、コクリと頷くレイエスとルローレ。

「あぁ、そのことはリーダー達と別行動してた時、もう身に染みる程理解したぜ」

「そうね……前回の攻略の大変さが嘘《うそ》のようだもの。ギルドマスターが外に協力依頼を出したのは、英断だったわね」

「……仮にこれで攻略しちまって昇格ってなっても、素直に喜べそうにねーな」

自嘲《じちょう》気味に呟《つぶや》くグリファの言葉に、俺は興味を引かれ問い掛ける。

「へぇ？　昇格？」

「あぁ。今俺達は魔銀《ミスリル》級冒険者だが、このダンジョン攻略が完了したら、功績十分と見做《みな》されて『アダマンタイト』級に昇格することが出来んだよ。……功績十分って言える程、今回仕事してねーんだけど」

なるほど……このダンジョン攻略が昇格のための試金石になっている訳か。

「そういうことなら、是非とも仕事をしてもらおうかな」

「……師匠がそう言うと、何だか嫌な予感がするな」

「良い勘をしていると言っておくぜ、我が弟子よ」

レイエスの言葉への答えとして、俺は轟滅を構える。

「来るぞ、大型だ。数は一体、土中を進んでいやがる」

「むっ……確かにいるな。構えろ」

カロッタの即座の指示に、聖騎士連中が一糸乱れぬ動きで剣を引き抜き、隊列を組む。

ネルだけが一人隊列から離れているのを見るに、我が嫁さんは遊撃要員なのだろう。

冒険者の三人もすぐに気持ちを切り替えたらしく、流石《さすが》の練度で陣形を作りながらそれぞれ武器を構え——次の瞬間、ドゴォン、と大きく土が舞い上がる。

「うおおっ⁉」

「ッ、階層主か⁉」

——立ち昇る土煙の中から姿を現したのは、俺の土龍とどっこいどっこいのサイズをした、身体の至る所が腐り落ちたワームだった。

種族：ギガント・アンデッドワーム
クラス：蠱《こ》腐《ふ》龍
レベル：87

まず最初に排除すべきものと判断したのか、土龍の真下から正確に飛び出して来たワームだったが、索敵スキルとマップによりその動向を正確に把握していた俺は、土龍に身体《からだ》を捩《よじ》らせることで回避させる。

「食らい付けッ‼」

上手《うま》く攻撃を透かした土龍は、飛び出してしまったがために無防備に身体の半分を晒《さら》しているワームの胴体へ、ガブリと食らい付く。

『ガアアアァァ――――ッッ‼』

深く深く牙《きば》を突き立て、土中に逃げられないようガッチリと全身で巻き付き、ワームを拘束する我が土龍。

纏《まと》わり付く土龍を突き離そうとワームが暴れるが、力は、俺の土龍の方が強い。

逃げることが叶わず、腐れ虫は土の上をのたうち回っている。

「よおしッ、いいぞッ‼　負けんなッ‼　食い千切れッ‼」

「あ、あんちゃん‼　そんな、虫同士を戦わせて喜んでるガキみてぇに、無邪気に楽しんでる場合じゃないと思うんだが‼」

「諦めろリーダー‼　師匠は、頭のネジが何本かぶっ飛んでんだ‼」

大迫力のタイマンを目の前にし、興奮気味に歓声をあげる俺に対し、大怪獣バトルの余波に巻き込まれまいと必死に逃げる二人が思わずといった様子で叫び合う。

「安心しろお前ら、俺の土龍は最強だ‼　あんな腐った虫野郎に負ける訳がねぇ‼」

「い、いや、最強なのはいいが、もうちょっと大人しくさせらんねーのか‼　余波だけでこっちが死んじまいそうなんだけど‼」

「無理だ‼　頑張って逃げろ‼」

「あんちゃーんッ⁉」

テンション上がって高笑いをかます俺とは反対に、悲鳴をあげるグリファだった。

「盾、受け‼　その後一撃‼」

俺が土龍を操る隣で、カロッタの指揮の下、頑強そうな盾を構えている受け役の聖騎士達が暴れるワームの尻尾《しっぽ》を数人掛かりでガードし、盾の裏にいた残りの者達が一気に飛び出し、受け止められ一瞬動きが止まったワームにそれぞれ一撃を加えている。

堅実な攻撃だな。

ただ、この調子じゃ大したダメージは与えられなさそう——って言っても、俺が土龍を暴れさせている以上、こういう攻撃の仕方をするしかないのか。

冒険者の三人は、さっきまでギャーギャー騒いではいたが、今はグリファが先頭に立って盾役を熟し、レイエスが弓で近付いて来るスケルトンなどの排除を行い、そしてルローレがメイン火力として威力が高めの魔法をワームに放っている。

なるほど、レイエスとルローレの二人の時はルローレが援護に回っていたが、こういうデカい敵が相手だと彼女がアタッカーになるのか。

――このワームの厄介なところは、ただのワームではなく『アンデッド』のワームであるという点だろう。

アンデッドの最大の特徴として、すでにＨＰがゼロになっているのに活動しているということが挙げられる。

じゃあそのまま死んどけよ、って話なのだが、魔力で操られたり、生前に抱いた強烈な怨恨《えんこん》の念が魔力と混ざり合って蘇《よみがえ》ったり、もしくは完全な偶然から、などの理由で生まれるのがアンデッドであるらしい。

ダンジョン産の魔物はどうなのか知らんがな。今日は何度も彼女らのことが頭に浮かんでいるが、ウチのレイス娘達とか、強い恨みの念から生まれるのがレイスであるはずなのに、これっぽっちも邪悪さなんてない訳だし。

このダンジョンのレイスは、普通に生者に対し敵意満々なのにな。

とにかく、アンデッドは一応魔物に分類される存在ではあるものの、ＨＰがゼロである以上普通の魔物とは違い、生物とは言えない異色な存在である訳だ。

生物じゃないから、頭とか心臓回りとか吹き飛ばしても普通に活動するし、ヤツらが体内に保有する魔力が無くなるまで永遠に動き続けることが出来る。

故に、無力化するには、自身の魔力で上書きして支配下に置くか、聖魔法など特殊な魔法を使用するか――バラバラにするか。

この巨体を相手にする以上、前者二つは魔力の関係で難しいだろうから、狙《ねら》うは最後のだ。

「ネルッ、土龍《どりゅう》で腐れ虫の動きを一瞬止める‼　そん時に、一発どでかいのをぶち込むぞ‼」

「了解‼」

俺は、土龍を操作しながら、鳴り響く轟音《ごうおん》に負けじとネルに向かって声を張り上げる。

聖騎士で唯一隊列に組み込まれていない彼女は、勇者らしい機敏さを見せ、一人だけ立体○動装置でも装着しているかのような三次元的な動きでワームに聖剣の斬撃を食らわせている。

飛び散る瓦礫《がれき》や、土龍とワームの身体を足場にしての、三次元戦闘だ。

聖剣にはすでに何か魔法を付与しているらしく、少し前にレイスを攻撃していた時のように淡く光を放っており、斬撃を放つ度光が周囲に飛び散って、超絶カッコいい。

ウチの嫁さん、可愛《かわい》い上にカッコいいとか、敵無しじゃねーか。

「カロッタ、グリファ、そういう訳だ、攻撃するならそこで一気にやるぞッ‼」

「了解した、合図は任せる‼」

「オーケーだが、おじさん達、なるべく早く合図出してくれると嬉《うれ》しいかなって‼」

打てば響く返事をするカロッタに対し、必死な様子で言葉を返して来るグリファ。

「おぉ、そうか、まだまだ余裕か‼　じゃあ、もうちょっとグリファ達には正面張って頑張ってもらおうかな‼」

「おいレイエス‼　お前の師匠、とんでもねぇドSなんだが、どうにかなんねぇのか‼」

「残念だがリーダー、師匠に物を言って聞かせるのは、嫁さんである勇者の嬢ちゃんじゃないと無理だと思うぞ‼」

全く以て、その通りである。

——冗談はこれくらいにしておいて、俺もヤツを仕留める算段に入るとしよう。

『————ッッ‼』

言葉では表せないような気色悪い咆哮《ほうこう》をあげるワームは、怒りで我を忘れたように暴れ回り、牙が何本も生えたこれまた気色悪い口で、土龍の首筋の辺りに噛《か》み付く。

普通の生物ならば、首筋は弱点になり得るだろうが……残念ながら、お前と一緒で、俺の土龍も生物じゃあねーんだ。

「抜けろッ‼」

俺の指示と同時、噛み付かれた首から先がボロボロと崩れ落ちて頭部がただの土くれに戻り、そして土龍の胴体がワームから逃れる。

食らい付いていたものが急に無くなり、ワームの無数の牙が空を切り、一瞬土龍の存在を見失う。

その隙は、大きい。

頭部を失い、胴体のみになった俺の土龍だが、コイツは土だ。幾らでも元に戻る。

数瞬もせずに破損部に新たな頭部が形成され、隙を見せたワームの頭上から牙を突き立て、そのまま地面に叩《たた》き付ける。

無理やり押さえ付けられたワームは、今までと同じように思い切り暴れ出そうとするが——そう簡単に、自由にさせる訳ないだろう？

「行けッ‼」

更に二体、一体目より一回り小さい土龍を生み出した俺は、ワームの身体の中央付近、そして尾の先へと走らせ、食らい付かせると同時に龍の姿を枷《かせ》へと変化させ、動きを阻害する。

ワームが、地面に固定されて動けなくなる。

「さあ、お待ちかねの解体の時間だッ‼　あの腐れ虫を、もっかい死体に戻してやれッ‼」

『オォ‼』

俺の合図と同時、待機していた者達が一斉に動き出した。

まず飛び込んで来たのは、ネル。

「ハァッ‼」

上段に聖剣を構え、一足飛びでワームの懐まで飛び込み、魔力を大量に流し込んだのか一際強烈な光を纏《まと》った刃《やいば》で斬撃を放つ。

まるで爆発するかのように肉片が飛び散り、ワームの身体に刻まれる特大の斬り傷。

「オラッ‼」

次に続くのは、俺。

轟滅の魔術回路二つを発動して、ワームをタコ殴りにする。

ネルの場合は『爆発するかのような』だが、俺の場合はそのまま『爆発』し、ワームの肉体を弾けさせ、焦げ肉を量産していく。

「シッ――」

そこにカロッタが突っ込み、一撃の威力は俺とネルに及ばないものの、しかし一秒の間に無数の斬撃を放って、俺達二人によって刻まれるワームの傷を拡大していく。

残りの聖騎士達と冒険者三人組は、それぞれ一丸となって同じ個所を攻撃し、個々ではそこまでの威力を出せずとも、集中させることで確実なダメージを与えている。

各々から繰り出される、攻撃の嵐《あらし》。

好機を逃さず、俺達はしばしの間、身動きの出来ないワームに群がり続けた――。

◇　◇　◇

「フゥ……何とかなったな……全く、おっさんの身には、これはちと辛《つら》いぜ」

両手を膝《ひざ》に突き、疲れたように「ハァァー……」と大きく息を吐き出すグリファ。

――俺達の横に転がるのは、無数の肉片にバラされ、動かなくなったワーム。

今は完全に沈黙しているが、コイツ、この状態でもしばらくウネウネ動いていたからな。気持ち悪いことこの上ない。

全く、これだからアンデッドは。死体ならそのまま死んどいてくれ。

「さて、ワームを倒せたのはいいが、肝心のこの墓地の出口は……」

「……多分、あれだな」

俺が指差す先にあるのは、扉。

意匠に違いはあるが……我が家の、真・玉座の間に繋《つな》がる扉と、同じようなサイズと形状をしている。

恐らくこの先に、このダンジョンにおける玉座の間があることだろう。

「……間違いない、あの扉、前回魔王のいる場所に繋がっていた扉だ」

グリファが、コクリと頷《うなず》いて俺の予想を肯定する。

「ふむ……ようやくここまで来たか。では、一度ここで小休止としよう」

「……この墓場の中でか？」

「風情があって良いだろう？」

「風情ね……リアルな肉片がそこらにゴロゴロ転がってなければ、多少はその言葉に同意しても良かったんだがな」

「そうか、見解の違いだな」

内心じゃあ毛程も風情があるなんて思っていないくせに、しれっとそんなことを言う女騎士に、苦笑を溢す。

頼りになる団長さんだことで。

「――と、カロッタ。魔王討伐に関してなんだが……一つ、頼みがある」

「ほう？　聞こう」

怪訝《けげん》そうに片眉《まゆ》を上げる彼女に、俺は言葉を続けた。


「魔王討伐、俺とネルだけでやらせてほしい」


「二人だけで、か……理由を聞こう」

スッと視線を鋭くし、まるで睨《にら》み付けるようにこちらを見据えながら、そう言うカロッタ。

「おにーさん……？」

困惑した様子でこちらを見て来るネルに、俺は目で「黙ってろ」と制しながら、カロッタへ言葉を返す。

「少し、やりたいことがある。それを、ネル以外の者に見られたくない。勿論《もちろん》、魔王討伐に関しては、ここにいる全員で協力して成し遂げた、ということにしてもらって構わない」

「お前達二人だけで、魔王を倒せると？」

「あぁ、やれるだろうな。奥の手……そう、奥の手を使いたいから、それを他人に見られたくないんだ。それに、こう言っちゃ何だが――その方が確実だ。違うか？」

カロッタは、しばし口を閉じて黙考し、やがてフンと鼻を鳴らす。

「……違わないな。確かに、お前とネルだけの方が、戦闘はやりやすいのだろう。だが、一つ言わせてもらうぞ。これは、本来ならば馬鹿を言うなと一蹴《いっしゅう》するところを、お前の提案だからこそ耳を貸している。失敗は許されないこと、重々わかっているのだろうな？」

「それこそバカ言うな。俺だけならまだしも、ネルと一緒にいて失敗する訳ないだろ」

その俺の言葉に、カロッタは一瞬目を丸くすると、楽しそうに笑い声を溢す。

「クックック……そうか。いいだろう！　魔王討伐に関する一切合切はお前達に任せる。二人の愛の力にでも期待させてもらうとしよう」

「あぁ、是非ともそうしてくれ」

「ちょ、ちょっともう……カロッタさんまで一緒になってからかわないでくださいよ……」

拗《す》ねたように唇を尖《とが》らせる我が嫁さんの姿に、カロッタはしばしの間笑ってから、ふと周囲に視線を向け、若干呆《あき》れた表情になる。

「しかし……これだけ色々見せてもらったのにもかかわらず、まだ奥の手があるのか」

ワームと土龍の戦闘跡を見ながらそう溢す彼女に、肩を竦《すく》めて答える。

「手品は、種が割れたら興ざめだからな。ここぞ、という時にしか使わないことにしているんだ」

「そうか、では次にショーをやる時は教えてくれ。お前の持つ手品の数々、じっくりと見させてもらおう」

「……アンタにだけは、その招待状は出したくないな」

勘弁してくれと両手を上げる俺に、カロッタは再び、愉快そうに笑っていた。

「おにーさん……何で急に、あんなことを?」

魔王を討伐した場合、この空間にどんな変化が起こるかわからない、という理由でカロッタ達が撤退して行き、彼女らの姿が見えなくなったところで、ネルが口を開く。

「このダンジョンの魔王のヤツ、まず間違いなく俺が別のところの魔王だってことに気が付いてると思うんだ。ここまでの攻略からして、向こうが意思ある存在であることはよくわかってるから、実際に相対してポロッと『オノレ、マオウッ‼』とか言われちゃ困る」

「あぁ……確かに、それはあり得そうで困るね。相手も、ただの魔物じゃない訳だし……でもおにーさん、それだけが理由で僕達だけでやるって言った訳じゃないでしょ?」

「お、何でそう思ったんだ?」

「それくらい、おにーさんを見てればわかるよ。何か企《たくら》んでる顔してたもん」

ジト目でこちらを見てくるネルに、俺は「敵《かな》わないな」と苦笑し、言葉を返す。

「企んでるって程じゃないんだが……ちょっと、聞きたいことがあってさ」

「え? 聞きたいって……敵魔王に?」

「あぁ」

以前から、よく、考えることがある。

――魔王とは、そしてダンジョンとはいったい何なのか、という根本的な部分の問いだ。

魔王というものは、非常に興味深い存在だ。

DPという謎の物質を使用することで、様々なものを生み出し、それを一時的にではなく永続的に活用することが出来る。

極め付けは、異世界――俺の前世にあったものを、こちらの世界で生み出すことが可能な点か。

ＤＰが足りれば、この世界に存在しないはずの技術が用いられたものですら、生み出すことが出来る訳だ。

ＤＰで可能なことは、それだけではない。

魔物限定ではあるものの、個性を持った意思ある生物を生み出すことも出来るし、『階層追加』という名で、新たな領域――言い換えれば『世界』を生み出すことも出来る。

ダンジョンの力により、その領域で生物を殺す――他者の生を食らっていけば、魔王の肉体を改造し、環境に適した形に『変化』をしていく、なんてことも可能になる。

レベルの概念が存在するため、通常の生物も変化していくことは可能だが、ダンジョンの主たる魔王は、その速度が比べ物にならない程に速い。

そうやって、自身を思うがままに変化させ、世界と生物を新たに生み出す存在は、定義として何と呼ばれるか。

――神、だ。

「……おにーさんが神……こんなに似合わない神様もなかなかいないだろうね」

「何を言う。俺程慈悲深く愛に溢《あふ》れた神なんて、古今東西見渡しても多分見つからないぜ？」

と、冗談めかして言ったところで、隣の少女が不安そうな顔を浮かべていることに気が付き、怪訝な思いで声を掛ける。

「ネル？　どうした？」

「……ねぇ、おにーさん。おにーさんが、本当に神様だって言うなら……その内、僕達のところからいなくなったり、しないよね？」

「へ？」

「だって……神様でしょ？　神様っていうのは、人と同じところにはいられないものだし、ならおにーさんも……その、僕達と同じところにはいられなくなっちゃうんじゃないかって、そう思って……」

　ポツポツと、そんなことを言うネルに、俺は――彼女の両手を取って、間近からその整った綺麗《きれい》な顔を覗《のぞ》き込む。

「ひゃっ……！　あ、あの、お、おにーさん……？」

「なぁ、ネル」

「う、うん」

　顔を赤くし、伏し目がちに返事をするネルに、俺は、言った。

「お前――バカだな」

「……え？」

　予想外のことを言われたためか、ポカンとするネル。

「何を言うかと思えば……俺が、どこかへ行く？　そんな訳ないだろ。いいか、ネル。よく聞け。俺は、俺だ。それ以上でもそれ以下でもない」

「…………」

そう、俺は、俺なのだ。

俺のいる場所が、俺の世界なのである。

そして、俺のいる場所とは、あのダンジョンだ。ならば、それ以外に行く訳がない。

魔王になろうが、龍王《りゅうおう》になろうが、神様になろうが、それ以外の何になろうが、それらは等しくどうでもいい。

……いや、魔王の称号は結構気に入っているので、今後も魔王ということでやっていきたいとは思うが……ただ、それだけだ。

「俺は、いつでも俺のやりたいことをやるだけだ。今までもそうだし、これからもそれは変わらん。である以上俺にとって、仮に俺が神になろうが、他の何かになろうが、全くこれっぽっちも関係ないんだよ。――俺のやりたいことは、ただ、あのダンジョンで生きて行きたい。それが全《すべ》てだ」

「……うん」

コツンと、俺の胸に頭を当てるネル。

「全く……お前は相変わらず心配性なヤツだな」

「だって……僕は、『魔王』っていうのがどういうものなのか、全く知らないからさ。急に神様がどうの、なんて言うから、もしかしたら、おにーさんがどこか遠くに行っちゃうんじゃないかー、って思って……」

……そうか。

知らないから、不安になる。考えてみれば、当たり前のことか。

「……まあ、今のは仮定と定義の話だ。俺自身、自分が神様だなんて毛程も思っちゃいないさ」

「……うん」

「そうだな……じゃ、我が嫁さんが安心出来るよう、しばらくこうしていてやるとしよう」

「……ん、そうして」

ネルは俺と繋がれた手を、キュッと、強く握る。

――それから、しばし互いにくっ付いたままでいた後、彼女は俺の胸に当てていた顔を上げ、ニコッと笑った。

「さ、いつまでもこうしてられないからね！　ずっとくっ付いていたいところだけど、仕事しないと」

「俺としては、このままでいてくれても一向に構わないぜ？」

「ダメダメ、先に仕事」

冗談っぽく首を左右に振るネルに、俺は「へいへい」と言葉を返す。

「了解、ボス。仰せのままに」

「よろしい。それで……おにーさんがやりたいことはわかったよ。でも、そんな簡単に、敵の魔王が知りたいことを教えてくれるの？」

「ダメ元ではある。とりあえずボコボコにして、『やぁ、魔王に関して知っていることを教えてくれないか？』ってお話ししようかと」

「うわぁ……やることがチンピラと一緒だよ、おにーさん」

「いいんだよ、和解の余地のない相手だし」

どうせ、最後には殺すことになるのだ。

正直、対話が成立する確率すら一割あるかどうかだと思っているが……ダンジョンに突撃して他の魔王の話を聞く機会なんて、そうそうないだろうからな。

心置きなく敵魔王と話せるよう、ネル以外の者達には退散してもらった訳だし。

「じゃ、ネル、扉の向こうに入って、魔王以外のヤツがいるようなら露払いを頼む。それ以外は……ま、出たとこ勝負だ」

「フフ、つまりはいつも通りだね。ん、わかった」

「よし……行くぞ」

俺達は目の前にある扉を開き、中へと足を踏み入れた。

そこは、先程までいた墓地とは違って船の一室らしく、全面が木造り。

今まで通って来たどの部屋よりも大きく――そして、一番奥に設置されている玉座に、ソイツは座っていた。

見た目は、ボロボロのローブを纏《まと》った、多少皮が残っているスケルトン。

だが、当然ながらただのスケルトンではなく、その身に宿す魔力は魔力眼で見る限り莫大《ばくだい》で、眼窩《がん　か》の奥に青白い光が覗き、激しい憎悪を感じさせる眼差《まなざ》しをこちらに送って来ている。

——不死王《ノーライフキング》である。

◇　◇　◇

種族：ドラウグル
クラス：不死王《ノーライフキング》
レベル：108

魔王の外見情報は、冒険者連中から事前に聞いていたものと一致している。

強い。

筋力や耐久なんかの数値は低いが、魔力の値が非常に高い。まず間違いなく魔法に優れたタイプなのだろう。

それでも、俺のステータスの方が二回りくらい高いのだが……ネルよりは、上だ。

決して油断は、出来ないだろう。

そして——。

『オオオオオオニニニニンゲンンンンンンコココココロロコロコロスススススス‼』

「……しっかりおかしくなってんな」

まだ少し皮が残っているが、ほぼ骨の指で頭をガリガリ掻《か》き毟《むし》り、慟哭《どうこく》のような、怨嗟《えんさ》の叫びを

絶えず発している不死王《ノーライフキング》。

人間への強い恨みがあるようで、憤怒と憎悪が込められた眼差しで俺達を睨《にら》み――いや、違うな。

その瞳《ひとみ》は、俺達の方には向いていない。

ヤツの怒りは、どこか遠くの、何かに向けられているらしい。

まさしく魔王に相応《ふさわ》しい邪悪さと言えるだろうが……いったい、ドラウグルになる前に何があったのだろうか。

というか、前回玉座の間までの道のりを攻略してこの魔王と戦ったという冒険者連中からは、こんな風になっているとは聞いてないぞ。

「……おにーさん、お話し出来るの？」

「……無理かも」

いくらコミュニケーション能力に優れたヤツでも、アレと会話を成立させるのは、不可能ではなかろうか。

討伐しに来た俺達を、完全にシカトするような相手だぞ。

……ま、まあ、もうここまで来ちゃったしな。

元々ダメ元。一応、やるだけやってみるか。

俺は、ゴホンと一つ咳払《せきばら》いし、意識して不敵な笑みを浮かべ、敵魔王に向かって口を開いた。

「よぉ、魔王さんよ。随分と楽しそうだな。是非とも混ぜて――っておわぁっ⁉」

『ニイイイイニニニニニンゲンゲゲゲンンンンアアアアアアア‼』

全く予備動作もなく飛んで来る、黒い火球。

魔力眼を常時使用していたため、魔力の流れから魔法の発動を感じ取ることで、回避は間に合ったが……マジで何の脈絡もなく攻撃して来やがったぞ、あの野郎。

『ニンゲンンンンコロロロスコロススス‼』

「チッ、このッ、気色悪いモン放ってくんじゃねぇ‼　つか俺は人間じゃねぇよアホがッ‼」

無数に飛来してくる黒い火球を前に、俺は敵魔王とこちらとの間に一枚の大きな水壁を形成して防御し――水が、腐った。

「ちょいちょいちょいちょい⁉」

どういう魔法なのかわからんが、黒い火球に当たった部位が瞬く間に変色を始め、穴が開き、そこからこちらに向かって残りの火球が向かってくる。

慌てて回避し、右に左に逃げるも、敵の攻撃の手数が多いせいでシャツに一発掠《かす》る。

ほんの少しだが、ビリッと破けた俺のシャツは、先程の水壁と同じくその部位からどんどんと変色を開始した。

「いぃっ⁉」

これはヤバいと、侵食が大きくなる前に即座にシャツを脱ぎ捨て、そしてその場から大きく飛び退って、攻撃を回避しやすいよう間合いを広く確保する。

「おにーさんっ、無事⁉」

俺とは違って、華麗に全弾回避していたネルが、若干焦った様子でこちらに声を掛けて来る。

侵食は……よし。シャツをダメにした以外は、大丈夫そうだな。

「無事だ！　だが……あの攻撃は、食らわない方が良さそうだ」

「そうみたいだ、ね！」

飛んで来た火球を、ヒョイと避けながらそう答えるネル。

ヤツの放つ黒い火球は、どうやら物を腐食させる効果があるらしい。人体に食らったらどうなるのか、考えたくもないな。

――この魔法の正体は、恐らく『闇魔法』だろう。

ヤツの持つスキルの一つに、それがある。

他にも『スケルトン召喚』や『レイス召喚』など複数のスキルを確認出来るが、この黒い火球を放てるようなスキルは闇魔法以外には見当たらない。

「ネルッ、闇魔法は何が出来るんだ⁉」

なおも止《や》まず飛んで来る火球を、一瞬で壊れてしまうので数十枚水壁を張って数で防御し、不死王《ノーライフキング》が召喚系スキルを発動したのか、玉座の間に湧き始めた大量のスケルトンを轟滅で叩《たた》き潰《つぶ》す。

同じように発生し始めたレイスの処理は、ネルだ。

特に何も言わずとも、こうして分担して対処出来ているのは、安心感がある。ここにいるのがネルでなければ、こうはならないだろう。

「『リッチ』なんかがよく使う魔法で、食らうと腐食、錯乱、失明とかの何らかの状態異常効果を受けるよ！　だから、一発でも食らうと大分マズいかも！」

状態異常系か……厄介だな。

雑魚《ざこ》の状態異常系攻撃ならば、俺の体内に渦巻く濃密な魔力によって弾かれ、食らうことはないのだが、コイツレベルの攻撃になれば恐らくそれも突破して来るだろう。

特に『腐食』が鬱陶《うっとう》しい。

魔法で防御しようにも、あんなすぐ侵食されて破壊されてしまうのであれば、防ぐのに有効な手段がない。

今までの雑魚どもとは、一線を画す強さ。

……これはもう、悠長にしている暇はないな。

「ネルッ、まだ新しい魔法は見せてなかったな‼　いい機会だ、お前にも見せてやる‼」

余計なことは考えず、ただ相手の排除のみに方針を定めた俺が発動したのは——精霊魔法。

「『レヴィアタン』‼」

俺の魔力の半分を食らって生み出されるのは、数多《あまた》の精霊で構成される、龍の化け物。

この玉座の間はかなり広いが、それでもなお天井スレスレのところに頭があり、敵魔王を睥睨《へいげい》している。

大きさ的には、さっきの土龍《どりゅう》とどっこいどっこいのサイズか。

込めてある魔力の量は、桁違《けたちが》いだがな。

『グウウウウウウウウウウ』

頭のネジが数十本単位でぶっ飛んでいる敵魔王も、コイツには流石《さすが》に脅威を覚えたのか、俺達に放っていた闇魔法の矛先をレヴィアタンに向ける。

「ネルッ‼」

「隔てよ‼　『絶域の結界』‼」

間髪いれずに、俺の言いたいことを理解してくれたネルがレヴィアタンの前へ結界を張り、ヤツの攻撃を防御する。

だが、このネルの結界も闇魔法に当たると同時に変色を始め、俺の水壁よりは持ったものの、わずか十秒もしない間に穴が開き始めるが――十分だ。

「全力だッ‼　やれッ‼」

ネルが稼いだその短い間に、全身の魔力を口元に溜《た》めたレヴィアタンが放つのは、ブレス。

瞬間、玉座の間に響く轟音《ごうおん》と、視界を染め上げる強烈な閃光《せんこう》。

巻き込まれたスケルトンとレイスが一瞬で蒸発して消滅し、少し後方に下がっていた俺達の方にもその余波が襲い掛かり、凄《すさ》まじい風圧と音の嵐《あらし》が全身に襲い来る。

「うわぁっ⁉」

「どうだネル、すげーだろ‼　これが精霊魔法だ‼」

「すごいけどそれどころじゃないからっ‼　『絶域の結界』‼」

慌てて結界魔法をもう一度発動し、俺達の前に壁を作るネル。しっかり俺の前にも張ってくれる辺り、コイツの愛情を感じるぜ。

俺の渡した魔力の全《すべ》てで攻撃を敢行したため、ブレスを放った傍《そば》からレヴィアタンの全身が崩壊を始める。

やがて攻撃を放ち終え、レヴィアタンが存在を維持出来なくなりただの精霊に戻ったところで、ようやく前方がまともに見えるようになり――。

「まだ、生きてるか……流石だな」

下半身は完全に消滅しており、残る上半身もほとんどが焼け焦げ、身体部位の幾つかが消し飛んでいる。

後一発水球でも当てれば、死んでしまうのではなかろうか。

そんな、誰《だれ》が見ても瀕死《ひんし》の状態の不死王《ノーライフキング》は……しかし、未《いま》だその仄暗《ほのぐら》い眼窩の奥に、深い憎悪の念を湛《たた》えていた。

それも、瀕死にさせた俺にではなく、どこか遠くの何かに対する、だ。

コイツの恨みは、それ程までに、コイツの根本で燃え盛り続けているらしい。

「……お前はもう、死人だ。死人は、大人しく死んでろ」

――だから……そうだな、お前の恨みは、代わりに俺が覚えておいてやる。

どうにか出来る範囲だったら、どうにかしてやる。無理だったら諦《あきら》めろ。

どうせお前はもう死んでいて、今更出来ることなんざ何もないんだ。

なら、死人は死人らしく、余計なことは考えずに、安らかに死んでいればいいさ。

そして俺は、轟滅を振り下ろした。

◇　◇　◇

「……何だか、あんまり後味が良くない討伐だったね。いったい、何があってあんな風に……」

バラバラになり、動かなくなった不死王《ノーライフキング》を見下ろし、ポツリとそう溢すネル。

「さてな……けど、道中の魔物どもがあんだけ敵意満々だったのは、生み出した親のこの不死王《ノーライフキング》に、影響された結果だったのかもな」

ウチのレイス娘達と、ここのレイスとの差を度々感じていたが……ここの魔王は人間に対し強い恨みを抱いていたため、その配下の魔物も同じように、憎しみの感情を振《ふ》り撒《ま》いていたのではないだろうか。

配下の意思が魔王には伝わるように、魔王の意思もまた、配下には伝わるものだ。

「……なるほどね。確かに、うちのレイスの子達がとってもいたずらっ子で、シィちゃんがマイペースでのんびり屋さんだったりするのも、おにーさんの影響だって言うならすごくよく納得出来るかも。ダンジョンの魔物が魔王に影響されるっていうのは、確実にあると思う」

「……何か、そう言われると、微妙に思うところがあるんだが」

「一つ言っておくと、おにーさんがいたずら好きでとってもマイペースっていうのは、間違いないからね？」

……否定はしないけどさ。

この話はこちらが不利と判断した俺は、その矛先を逸《そ》らすべく、言葉を続ける。

「と、とりあえず、先に仕事を終わらせるとしよう。ダンジョンコアは……これか」

玉座の間に設置されていた扉の一つ、恐らく元は船長の執務室だったのだろうボロボロの部屋の中、ダンジョンコアは執務机の上に置かれていた。

俺のダンジョンコアとは違い、虹色《にじいろ》ではなくどす黒い赤色である。

予《あらかじ》めカロッタから「魔王の討伐証明になる上に、かなりの報奨金が出るので、出来る限り持って帰って来い」と言われていたため、俺はダンジョンコアへと右手を伸ばし——そのままスポッと、掌に吸収されて無くなった。

「「あっ」」

同時に声を漏らす、俺とネル。

「……おにーさん？」

「い、いや、違うんだネル、わざとじゃない！　何故《なぜ》かわからんが勝手に吸い込まれたんだって！」

一応確認のため、慌ててアイテムボックスを開いてみるが、当然そこには入っておらず、次にメニューを開くと……あ？

メニューの中で、『ダンジョン』の項目に何か反応がある。

すぐに開いて確認してみると——。

「これ……もしかして、このダンジョンが俺のものになったのか……？」

ダンジョンの項目を見ると、俺の持つ魔境の森ダンジョンに関する操作にプラスして、この幽霊船ダンジョンに関する操作、『階層追加』や『ダンジョン領域拡張』など全ての機能が使用出来るようになっていた。

……これはつまり、俺がこのダンジョンの魔王を殺したから、代わりにここの魔王になったってことか？

「えっ、おにーさん、このダンジョン支配しちゃったの？」

「……そうらしい。これ、ダンジョンコアの回収、出来なくなっちゃったけど……どうすればいいと思う？」

「……どうしようもないいんじゃない？」

うん……そうか。そうね。

俺もそう思う。

「む！　帰って来たか」

このダンジョンの構造を完全に把握したことで、行きとは違い、全く迷うことなく悠々と来た道を引き返すこと三十分程。

俺達は、先に引き返していた聖騎士達との合流を果たしていた。

「ふむ、二人とも特に怪我《けが》は無さそうか……その様子だと、討伐は成功したようだな」

「あぁ。黒焦げにしてバラバラにしといたぞ」

カロッタの言葉にコクリと頷《うなず》く。

「信じらんねぇ……マジで二人だけであの魔王を倒したってのか……」

「おうよ。結構強かったな」

「……そんな、ケロッと言われても信憑性《しんぴようせい》ないぜ、あんちゃん」

呆《あき》れたような顔でそう言うグリファに、ただ肩を竦《すく》める俺。

「と、そうだ、グリファ、あの魔王があんなおかしくなってたなんて、聞いてねーぞ」

「へ？」

「アイツ、理性なんて完全に消し飛んでるような状態だったぞ」

どんな攻撃手段を有しているのか、という情報に関しては、ロクに魔法を見る前にヤツの召喚魔法を前にして何も出来なくなり、撤退したって話だから、まあ知らなくても仕方ないかもしれんが、そっちの情報は教えてほしかったぞ。

「あ、あぁ……すまん。けど、魔王なんて大体あんなもんだろ。バカみてぇに傲慢《ごうまん》だったり、憎悪マシマシだったり、大概どこか壊れてやがる」

「失敬な。誰が壊れてるだ」

「い、いや、あんちゃんに言った訳じゃねーんだが……」

ボリボリと髪を掻《か》きながら、怪訝《けげん》そうな表情を浮かべるグリファ。

隣で、ネルがこちらを見ながら「……まあ、おにーさんがどこか一つおかしいのは、確かだよね」とボソリと言うのを聞かなかったことにして、次にカロッタに言葉をかける。

「あー……それと、カロッタ。ダンジョンコアに関してなんだが、すまん。戦闘の余波で恐らく壊れた。だから、このダンジョンもしばらくしたら崩壊すると思う」

ネルと相談した結果、そういう方向で誤魔化《ごまか》すことにした。

魔王を倒し、ダンジョンコアを破壊して完全な討伐を行った場合、コア破壊のタイミングでダンジョンの崩壊プロセスが開始する。

崩壊プロセスと言っても、よくある感じの敵の親玉を倒したら天井がガラガラ崩れて来る、みたいなものではなく、まず数日掛けてダンジョンの内部に満ちる魔力が減少して行き、それに伴って拡張されていた空間が元の姿に戻り、そしてさらに数日掛けて中の魔物が死に絶えるのだそうだ。

ちなみに、メニューの『ダンジョン』の機能を使って、俺の方で崩壊させることは可能だったりする。

俺が二つ目のダンジョンを支配したことで解放された機能であるようで、二つ目以降を崩壊させ全《すべ》てをＤＰに変換することが出来るらしい。

しないけどね。崩壊させたら一時的だが、このままにしとけば永続的にＤＰを確保することが出来る訳だし。

なので、タイミングを見計らって、魔境の森の近くまで移動させるつもりだ。

そう、この幽霊船ダンジョン、一応船ではあるため、移動速度はこの巨大さである以上お察しという感じだが、何と移動させることが可能なのだ。

あと、すでにこの幽霊船にも我が家に繋《つな》がる扉を設置しておいたので、実は帰ろうと思えば今すぐ帰れたりする。

諸々《もろもろ》の仕事を終わらせ、ウチに帰ったら、もう一度このダンジョンに来て何が出来るか確認するとしよう。

それにしても、結局ダンジョンに関することは何も聞けなかったが……ただ、俺とネルだけで攻略に向かったのは正解だっただろう。

ヤツの闇魔法の『腐食』を食らってしまえば、鉄の装備も盾も意味をなさない。

人数が増えれば当然回避のためのスペースも狭くなるし、動きが制限される。

確実に、何人か犠牲は出ただろうな。

「む……そうか。お前達二人がいて無理だったのなら、本当に不可能だったのだろう。惜しくはあるが……諦めるとしよう」

いや、そういう訳でもないんですけどね。

ホント、俺も意図した結果じゃなかったんで。反省してるんで、ネルさん、意味ありげな笑みを浮かべてこっちを見るのはやめてください。

「……代わりと言っちゃなんだが、アンタらに使えそうなモンを、二つ程見つけたから持って来た。これで勘弁してくれ」

「ほう？」

興味を持った様子のカロッタに、俺がアイテムボックスから取り出して見せたのは——華美な装飾が施され、紋章の彫られた一本の短剣と、日記。

俺が取り出した短剣を見て、途端に彼女の目がスッと鋭くなる。

「これは……公爵家の紋章だな」

「あぁ、そうらしいな。ここの魔王は、元々アンタの国の貴族だったようだぞ。友人に嵌《は》められて、あまりの恨みの大きさから魔王にまでなっちまったらしい。彼の身に何があったのかは、その日記に詳しく書いてあったぜ」

――この日記と短剣は、ダンジョンコアと同じく、執務室の机の上に無造作に置かれていた。

日記の方を開いてみると、そこに綴《つづ》られていたのは、彼が魔王へと至るまでのあらまし。

かなりのページに、恨みと怒りの言葉、拳《こぶし》を握り締め過ぎたのか血の滲《にじ》んだ跡が残っており、何が起こったのかを調べるのがちょっと大変だったのだが……どうも彼は、友人と思っていた相手に裏切られ、貴族社会から蹴《け》り落とされたらしい。

罠《わな》に嵌められ、公爵位を剥奪《はくだつ》され、そのせいで彼の一族は全員処刑。お家断絶である。

彼だけがこんな海のど真ん中で漂流していたのは、一種の流刑だ。辿《たど》り着《つ》く島は存在しないがな。

食料が一切無い、舵《かじ》を壊された船に一人放り込まれ、飢餓と絶望で苦しみ抜いた末に餓死するか。

もしくは、この辺りは海流が荒いらしいので、荒波に揉《も》まれてそのまま海の藻屑《もくず》となるか、というのが運命のはずだったのだが……何の因果か、彼は死ぬ前に、魔王へと生まれ変わった。

魔王になった瞬間のことは、少しだけ書かれていた。

何やら、突然周囲の空気が一変し、気付いた時には玉座の間が出現しており、そしてダンジョンコアが置かれていたのだそうだ。

恐らくは、その時に新たなダンジョンが誕生したのだろう。

ここの辺りは、魔境の森と同じく魔素が濃い場所であるようなので、条件としてはあり得るのだろうが……奇跡的な確率であることは間違いない。

種族がドラウグルとなったのは、俺が最初『アークデーモン』という種族でこの世界に転生したのと同じ理由だと思われる。

ダンジョンが、そちらに生まれ変わらせた方が生き残れると判断したのだ。

ドラウグルとなった後もしばらくは理性と自我があったようだが、途中からどんどんとそれが失われていくのが、日記を通して感じられた。

元々恨みのせいか、筆跡が荒々しい感じではあったのだが、少しずつ文章が稚拙になって行き、字も下手《へた》になって行き、最終的には意味をなさないグチャグチャの落書きになっていた。

――こうして生まれたのが、人間絶対殺すマン、憎悪と憤怒の化身たる不死王《ノーライフキング》だった、という訳だ。

……あの魔王の怒りの理由は、これでよく理解出来たな。

確かに、俺もウチのヤツらを殺されたりなんかしたら……この世の全てを破壊し尽くすために命の限りを擲《なげう》つ、憎悪に彩られた魔王となることだろう。

……嫌な想像だ。考えたくもない。

「……少し前の話だが、ここに書かれている政変には覚えがある。裏がはっきりせず、有耶無耶《うやむや》のまま闇に葬られたのだが……なるほど、これは確かに、ダンジョンコアよりもよほど我々のためになる。しかし、まさか公爵家の方が魔王に、とは……」

「その嵌めたヤツ、アンタのところで絞れるだけ絞って、追い落としてくれよ。協力することがあれば協力するぞ」

あの魔王に、出来る限りのことはやってやるって言っちまったしな。

俺でも手が届きそうな範囲のことだし、ソイツをぶっ殺す協力くらいはするとしよう。

「……いいだろう、そちらは任せろ。これは明らかな不正の証《あかし》だ。犯罪者をこのままのうのうと生き延びさせるつもりはない。グリファ殿、それ相応の金額は払おう。この件に関しては――」

「へい、心得てますよ。俺達ぁ、ただ聖騎士様方の道案内をしただけ。何も聞いていないし、何も知らない。お前らも、わかってるな」

「勿論《もちろん》です。私は、何も聞きませんでした」

「せっかく生きて帰ったのに、謎の病死、なんてオチはまっぴらでさぁ。当然俺も、何も聞いてないですぜ」

直接的な物言いをするレイエスに、「いや、そんなことはしないが……」と苦笑を浮かべてからカロッタは、次に俺の方に顔を向ける。

「仮面は……ネルがこちらにいる以上、不利益なことはせんか。問うまでもなかったな」

「おう、よくわかってるじゃねーか」

当然だと頷く俺に、カロッタは「これは失礼した」と両手を肩の高さまで上げる。

その俺達のやり取りに、笑い声を溢す聖騎士連中と冒険者連中。

「さて、お前達も無事に戻ってきたことだし、長居は無用だな。――では、撤収する！」

――そして俺達は、ダンジョン攻略を成し終えたのだった。

◇　◇　◇

「まさか、こんなあっさり帰って来るとは……てっきり、補給にでも戻って来たのかと。流石《さすが》、精鋭の方々ですな。ポーザの港に住む者として、感謝を」

「助けになれたようならば、こちらとしても何よりだ。しかし、正直に言うと我々の方もこうすんなりと攻略出来たのは想定外でな。一人、予想以上の活躍をしてくれた者がいたのだ」

プカプカと揺れる船の上で、船長と会話を交わしているカロッタが、意味ありげな笑みを浮かべてこちらを見る。

「……勇者殿の恋人だったか。若いように思っていたが、そこまでの実力があるならば、実はそうでもないのか？」

「ネルよりは歳上《としうえ》だろうが……そう言えば私も、歳を聞いたことはなかったか。仮面、今幾つなんだ？」

「一歳と数か月だ」

「……だ、そうだ。この中で最年少だったらしい」

「……なるほど、その仮面が示すように、正体は隠しておきたいということですか。確かに、聖騎士でもなく、冒険者でもなく、どこの組織にも属していない以上、そうしておいた方が余計な勧誘などは防げるでしょうな」

妙に納得した様子で、立派な顎鬚《あごひげ》を擦《さす》る船長。

いや、ホントのことなんだけどね。

つか、今更だが、この世界に来てから、まだそんくらいしか経《た》ってないんだよな。

体感としては、すでに五年も十年も経っているような感じだ。メチャクチャ濃い一年と数か月である。

「考えてみればおにーさんって、まだ魔王になってからそれくらいだったね。そっかぁ……おにーさんと出会ってから、まだ一年経つか経たないかくらいだったのかぁ……」

と、いつもの軽鎧《けいがい》を脱ぎ、楽そうな恰好《かっこう》に着替えたネルが、周囲のヤツらに聞かれないようこそっと俺の耳元で、感慨深そうに呟《つぶや》く。

「ビックリだよな。まだその程度なんだぜ、俺とお前が出会ってからの期間って」

「そうだね……でも、僕としてはおにーさんの手を出す速さの方がビックリかな？　こんな短い間にお嫁さんを三人もゲットするなんて、並の人じゃ出来ないと思うよ？」

「……その物言いだと、俺がすごくチャラ男みたいに聞こえるからやめてくれ」

「フフ、ごめんごめん。おにーさんは誠実だもんね。みんなとしっかり向き合って来た結果が、今の状態っていうだけだもんね」

「……あの、ネルさん、それはそれで恥ずかしいのでやめてもらいたいんですけど」

楽しそうにくすくす笑うネルに、目を逸《そ》らして頬《ほお》をポリポリと掻《か》く俺だった。

――俺達はすでに、『幽霊船ダンジョン』からは離れ、ガレオン船への帰還を果たしていた。

一応、幽霊船群を出る前少しだけ内部に留《とど》まり、ダンジョンが確実に討伐されたかどうかを魔物の動向を見て確認したのだが、その結果こちらを視認してもまるで反応がなかったため、これは支配者たる魔王が死に、指示がなくなったからだと判断され、ここにダンジョン攻略が完了したとカロッタによって正式に宣言された。

勿論、このダンジョンの支配権を新たに得た俺が、新たな配下となった魔物どもに指示を出し、襲わせないようにしてたんだけどね！

ここの魔物どもは、アレだ。ウチのヤツらと違って、自我を全くと言っていい程感じられない。

恐らく、死霊系の魔物の特徴なのだろう。まるで人形でも動かしているかのように反応が希薄で、命令通りにしか動かないのだ。

というか、実際に人形そのものなのだろう。

魂の抜けた死体を魔力で縛って動かす、操り人形だ。

唯一レイスだけは、憎悪の意思を持って俺の命令に不服従を示したので……まあ、はい。彼らは聖騎士達と合流する前に、全《すべ》て滅しました。ネルが。

どうも、新たな支配者が生者であることが気に食わなかったらしい。

マップを確認しても、スケルトンやゾンビどもは味方を示す青点となっていたのに、レイスどもだけは敵対の意思が全く消えず、俺が上位者として君臨しているはずなのにいつまで経っても敵を示す赤点のままだったのだ。

なので、配下の魔物とのみ使用可能な『遠話』の機能を使い、煽《あお》りに煽ってこちらまで呼び寄せ、片っ端からネルに斬り捨ててもらった。

俺に従わない以上、それはただの敵である。

支配下に置く方法を考えるより、もう成仏してもらった方が楽だし安全だろう。

このレイスの件でわかったことだが、魔王配下の魔物というものは、絶対服従という訳ではないようだ。

これが、敵からぶん捕ったダンジョンの魔物だからなのか、それともダンジョンの魔物全てに共通することなのか。

恐らく前者じゃないかとは思っているのだが……頭の片隅に、後者の可能性も入れておく必要があるだろう。

ウチのヤツらが従順だからと言って、あまり無下な扱いをしていれば、反抗されるおそれがあるということだ。

つっても、シィやレイス娘達は言わずもがな、ウチの可愛《かわ》い可愛いペット達にもそんなことをするつもりは毛頭ない――あ、けど、リルには結構仕事を押し付けてるな……。

前々からヤツに仕事を放り投げ過ぎているとは自覚しているのだが……優秀なんだもんなぁ、リル。一応、それなりに労《ねぎら》ってはいるつもりなんだけど。

……高級ドッグフードとかＤＰで買ってやったら、喜ぶか？

いや、むしろ悲しそ――な目で俺のことを見て来る気がする。

「……なあ、我が嫁さんよ。俺、日頃《ひごろ》の感謝を込めてリルに何か褒美でもやろうかと思うんだけど、何かいいモンないか？」

「褒美？　うーん……普通に考えたら、リル君の好物とかがいいと思うけど……リル君って何が好きなの？」

「……わからん。肉は、多分好きだと思うが……」

ダンジョンの魔物は、ダンジョン空間に満ちる魔力さえあれば、何も食わんで生きて行くことが可能だ。

そのため、何かを食べるというのは嗜好品《しこう》としての意味合いが強く、ウチのペット達も何か食いたければ自分達で勝手に狩りをして食っているので、どういうものが好きなのかは、正直なところよく知らないのだ。

リルに関してだけは、美味《うま》そうに肉を食っている場面を何度か見ているので、少なくとも肉が嫌いではないということはわかるのだが……。

「それなら、リル君も呼んで、みんなでバーベキューとかするのがいいんじゃないかな。それで、お肉いっぱい焼いてあげて、おにーさんが食べさせてあげれば感謝しているのは伝わると思うよ」

「ふむ……」

なるほど、物ではなく、行為で感謝を示すと。

「よし……決めた。帰ったら海鮮バーベキューでもするか。ネル、お前も一回、一緒に帰ろう。バーベキューするぞ、バーベキュー」

「あ、でも、僕、仕事が……」

「カロッタ、そういう訳で、数日コイツを借りたいんだが、ダメか？」

「ちょ、ちょっと、おにーさん！」

「む？　あぁ、いいぞ。元よりこの仕事が終われば、今回の遠征に参加した団員には休みを言い渡すつもりだったからな。長くは無理だが、数日程度ならば構わん」

「流石、話がわかるな！　お許しが出たぞ、ネル。やったな」

「……ハァ、全く。強引なんだから……」

ネルは、一つため息を吐き出し、だがその頬は嬉《うれ》しそうに緩んでいた。


それから、ネルと雑談したり、レイエスやグリファ、聖騎士達と談笑しながらガレオン船に揺られ、二時間程が経った頃。

「……？　あれは……」

双眼鏡を覗《のぞ》き込んで航路を確認していた船長が、突如怪訝《けげん》そうな声を漏らす。

「どうした、船長殿」

「……こちらに接近している船が、四隻。しかし、所属を示す旗を出していませんな」

「……所属不明の艦隊か。それは、つまり……」

何かに気付いたような声を漏らすカロッタに、コクリと頷《うなず》く船長。

「ええ。恐らく――海賊かと」

「ほう！　海賊！」

「いや、何で嬉しそうなのさ、おにーさん」

だって、海賊だぜ、海賊。

幽霊船に続いて、海賊！

海のロマンたっぷりじゃないか。

まだ距離があり、点と同じくらいの大きさだが……魔王の超視力で見る限り、確かに四隻の船が、こちらに頭を向けて進んで来ている。

船の大きさは向こうの方が一回りくらい小さいようだが、そのためスピードがあり、ぐんぐんと距離を詰めているのがわかる。

「野郎ども！　戦闘よぉぉい！」

カンカンカンと舵《かじ》の横に付けられた鐘が鳴らされ、同時に水夫達が慌ただしく、しかし規律正しく一斉に動き出す。

船上が一気に厳戒態勢となり、備え付けられている大砲に弾の装填《そうてん》が開始される。

「レイエス、俺海に関してはよく知らないんだが、四隻ってのは、海賊にしては結構な艦隊なんじゃないか？」

「あぁ、大規模だな。全部で百から百五十程度は乗ってるはずだぜ。――っても、こっちに師匠がいる以上、なんつーか……ご愁傷様って感じだが」

近くにいたレイエスが、あまり焦った様子も見せず、哀れみの込められた視線を迫り来る海賊船団の方へと向ける。

そうね。相手がダンジョンでもない普通の船である以上、『爆炎轟』の魔術回路を仕込んであるミスリルナイフだけでお陀仏《だぶつ》な訳だし。

というか、ここが海上である時点で、俺の独壇場だ。水魔法は俺の一番の得意魔法である。

海水を使うことによって、魔力消費を少なめにしつつ、デカい水龍を何匹も生み出してヤツらに嗾《けしか》ければ、それで終わりだろう。

「カロッタ、アレ、潰《つぶ》すか？　もう少し近付いて来たら、やれるぞ」

「いや、待て。——船長殿、我々も助太刀《すけだち》をさせていただきたいのだが、あの船、拿捕するか？

今の我々の戦力ならば、恐らく可能だぞ」

「……それが出来るのであれば、無論そうしたいが……」

言外に「そんなことが本当に出来るのか？」という顔を浮かべる船長。

「やるのは私ではないがな。——だ、そうだ、仮面。潰すのはやめておこう。まずは、そうだな……奴《やつ》らの度肝を抜いてやれ」

「アイアイマム」

不敵な笑みを口元に湛えるカロッタに、俺もまた仮面の奥で笑みを浮かべ、魔力を練り始める。

——迫り来る船団。

ここまではまだ、一応所属不明船という扱いだったが、やはり海賊であったらしい。

俺達に誤認させるためか旗を出していなかった船団が、威圧のつもりなのか、髑髏《どくろ》の海賊旗を高らかに掲げ始める。

風に乗って届く、向こうの船の無頼漢どもがあげる野太い雄叫《おたけ》び。

彼我の距離が近くなるにつれ、こちらの船の水夫達の緊張が高まって行く。

――ビビらせる、か。

海の底に沈めてやるだけなら簡単だが、そうじゃなくあの船団を丸ごと拿捕《だほ》するとなると、ちょっと考える必要がある。

一隻くらい藻屑《もくず》にしちゃっても、なんて風にも思うが……勿体ないしな。

「カロッタ、一応聞いておくが、欲しいのは人か？　船か？」

「船だ。敵の船長と、三分の一程残してくれれば……まあ、後は好きにしてくれていいぞ」

サラリと吐かれる酷薄な言葉に、苦笑を溢す。

つっても、俺も聖人君子じゃないので、手心を加えるつもりなんて毛頭ない。

襲って来るのであれば、死んでもらいましょう。

「よし、んじゃ――哀れな海賊どもには、魚のエサになってもらうとしよう！」

そうして、俺が発動したのは、いつもの水龍。

海水を大量に吸って形成したため、胴の太さはこの船のマストより一回り太く、それが俺達の船の周りに八匹。

海上に鎌首をもたげ、海賊どもの方を睨《ね》め付《つ》けている。

もうバカみたいにこの水龍ばっか使っているが、これ、ホントに使い勝手が良いのだ。

慣れているから魔法を発動するまでの時間がほぼノータイムだし、サイズは俺の意思一つで自由自在だし、十分過ぎる殺傷能力を有しているし、水辺ならば少ない魔力で強力なヤツを作れるし。

我ながら、非常に効率の良い魔法を作ったものだと自負している。何よりカッコいいからな。

「な、何だぁ⁉」

「ばっ、バケモンだ‼」

俺の魔法だということをわかっていない水夫達からあがる、驚愕《きょうがく》と恐怖の声。

「カ、カロッタ殿、これは⁉」

「案ずるな。これが仮面の魔法だ」

「こ、この龍達が……凄《すさ》まじい……」

ツー、と冷や汗を流しながら、船長は俺の水龍どもに視線を釘付《くぎづ》けにする。

「気に入ってくれたようで何よりだ！　もっと気に入ってもらえるよう、コイツらの活躍を見てもらうとしよう！」

俺が指示を出すと同時、一斉に動き出した水龍どもは見る見る内に海賊船団へと迫って行き、一分も経《た》たずにヤツらの下へ到達する。

突如現れた水龍の群れに、揃《そろ》ってアホ面を浮かべて固まっている、海賊ども。

「食い殺せ‼」

そして、我が水龍達は、襲撃を開始した。

一隻に、二匹ずつ。

まずは、甲板。

顎《あぎと》をガバッと開き、まるで躍り食いでも楽しんでいるかのように海賊どもを豪快に食らい、その体内に取り込んでいく。

いつもと同じく、コイツらにも研磨剤代わりの砂をしっかり混ぜ込んであるため、食われた海賊どもは高速水流の中で細切れになり、一瞬で絶命する。

「うおおおぉぁあっ⁉」

「な、何なんだコイツは⁉」

「撃て、撃てぇぇ‼」

襲う側だったはずの自分達が逆に襲われている、ということを遅まきながらに理解した海賊どもは、そこでようやく迎撃に動き出し、大砲の弾を俺の水龍に向かって撃ちまくったり斧《おの》や剣で攻撃を仕掛けたりしているが、無駄無駄。

放たれた砲弾は何事もなく水の身体《からだ》を貫通して明後日《あさって》の方向に飛んでいき、逆に大砲ごと砲兵どもを食らって殺す。

斧や剣で攻撃しているヤツらなど、論外である。何の障害にもならず、そのまま俺の水龍に食われている。

ソイツは全身が水で出来てるんだ、物理攻撃なんざ意味ないぞ。

「――って、おぉ、海賊にも魔術師がいるのか」

海賊どももまた、物理攻撃が無意味であることを理解したらしい。

水には水をと船の周囲に数人掛かりで水壁を生成し、火球を放って蒸発させようとしたり、生み出した突風で船を動かして逃げようと頑張っているようだが、それらもまた全《すべ》て無駄である。

込められた魔力量のみならず、魔法としての完成度が圧倒的に俺の水龍の方が上なのだ。

普通に火球を回避し、というか当たっても全く意に介さず、水壁を簡単に突破して、逃げる船を逃さんと食らい付き続ける。

そうして甲板で一匹が『食事』をしている間、同じ船を襲うもう一匹が攻撃するのは、船の内部だ。

そのまま突っ込ませて船を壊す訳にはいかないので、船の内部を襲う方の水龍は頭を何本にも枝分かれさせ、さながら八岐大蛇《やまたのおろち》のような形状に変化させる。

身体が細くなり船の側面に空いている大砲用の窓に突っ込めるサイズになったソイツらは、内部へと侵入を開始し、甲板に繰り広げられている地獄に負けず劣らずの蹂躙《じゅうりん》を行う。

大分派手に殺し回ってはいるものの、一応カロッタの言いつけを守るため、海賊どもを殺し過ぎないようには注意している。

彼女が「三分の一残せ」と言ったのは、別に情けを掛けているとかそういったことは一切なく、ただ単純に殺し過ぎてしまうと船を動かす人員が不足してしまう可能性があるからだろう。

こういう時代の帆船って、確かそこそこ人数がいないとロクに動かすことが出来ないはずだ。パイレーツ・オブ・カ◯ビアンで見た。

それと……一つ、気になる点があるからな。

我らがボスが「船長は残せ」とも言ったのも、恐らく俺と同じことを思って情報を欲したが故のことだろう。

「そんで、その船長は……あれか？」

阿鼻叫喚《あびきょうかん》の海賊船団の中、一隻の船の上で周囲のヤツらに怒鳴り散らしている、ナリの良い男が一人。

よし、ヤツは生け捕りだ。

そう判断を下した俺は、船を襲いまくっていた水龍の一匹に指示を出し、その船長らしき男に食い付かせる。

「ぬおおおおおッッ!?」

「頭ァッ!?」

「ッ‼　船長が食われたぞォ‼」

お、アタリだったか。

ヤツに関しては、殺さないよう水龍の内部の高速水流を解いてただの水の牢《ろう》とし、そのまま海上を走らせてこちらまで連れて来る。

途中、どうにか逃げようともがいていたが、水中であるためロクに身動きを取ることが出来ず、口からペッと吐き出され俺達の船の甲板の上に無様に転げ落ちる。

「――カハッ、ハァ……テメェらッ、全員ぶっ殺してやグッ――」

腰から剣を引き抜こうとした船長の背中を踏みつけ、動けないようにしながら俺は、カロッタに声を掛けた。

「カロッタ、コイツが船長だ」

「でかした！　――縛れ！」

「「ハッ‼」」

完全武装で待機していた聖騎士達が、抵抗しようとする船長を手慣れた手付きで縛り上げ、猿ぐつわを噛《か》ませる。

甲板の床に転がされ、ウーウーと唸《うな》る海賊船長。

これで、勢い余って殺す心配がなくなったな。

「さて、これでヤツらのボスは捕らえた訳だが、どうする？　まだ減らすか？」

「いや、そろそろ十分だろう。これで彼我の実力差――というかお前の実力を、嫌という程理解しただろうからな。一度、あの龍達に距離を取らせてくれるか」

「了解」

女騎士の言葉に従い、俺は未《いま》だ襲撃を続けている残りの水龍達に攻撃をやめさせ、一定距離を離したところで船団を囲うように待機させる。

まだ抵抗するようなら、もう一度襲わせちゃうぞ、というポーズである。

水龍達を引かせたことで、あからさまにホッとしたような空気を漂わせる海賊どもは、お互いの船同士で何かしらのやり取りをし――。

――程なくして、海賊旗を下ろし、代わりに白旗を掲げた。

聖騎士達と水夫達により、海賊船団を完全に無力化したのは、接敵から二十分後のことだった。

一通り船の状態を確認したところ、どの船も俺の水龍のせいで甲板の手摺《てすり》や大砲、階段や船の備品などの大半が壊れてしまっていたが……竜骨とかマストとかの船の重要部位は全部無事だったので、それで勘弁してもらいたい。

「では、海賊。色々と聞かせてもらいたいことがある。大人しく答えるのならば、命は保証してやろう。あぁ、おかしなことは考えない方がいい、お前達が死のうが、死なかろうが、我々にとっては至極どうでもいいことだ」

「……チッ、クソったれが……部下の命も保証するんだろうな」

俺の方を憎々しげに睨め付けながら、そう問い掛ける海賊船長。

何かアホをやれば、俺が何の躊躇《ためら》いもなく殺すということを理解しているのだろう。

実際、コイツらを襲わせた水龍の魔法はまだ解除せず、この船の周囲で警戒を続けているからな。

相当なバカじゃなければ、もう抵抗しようなどとは思わないだろう。

単純に数だけ見ても、俺が殺しまくったため海賊どもの残党とこちらの人員の数はすでに逆転しているし。

「ほう、意外と部下思いなのだな。いいだろう、奴隷《どれい》落ちは間違いないが、理不尽に殺しはしないことは神の名において誓うとしよう」

「……何が聞きたい」

「幾つかある。まず、随分と我々を襲うタイミングが良かったな。誰《だれ》に依頼された？」

カロッタは、そう、核心の部分から質問を始めた。

◇　◇　◇

「っ、何事だ！」

執務室で書類の処理でもしていたらしいポーザの港の領主、アーベル＝レブリアードは、突然踏み込んで来た俺達に、若干動揺しながらも毅然《きぜん》とした様子で椅子を立ち上がる。

「ふむ、てっきり逃げ出す算段でも整えているかと思ったが……まあいい。アーベル＝レブリアード。貴様には色々と聞かせてもらうことが出来た。我々ファルディエーヌ聖騎士団がその身柄を押さえさせてもらう。――拘束しろ」

カロッタの指示に従い、部下の聖騎士達が動き出し、手際良く領主アーベルに手枷《てかせ》を嵌《は》める。

だが――罪人染みた扱いをされても、彼は顔色一つ変えることなく、堂々とした態度でそれに応じた。

「フン……いいぜ。煮るなり焼くなり好きにしやがれ」

アーベルの態度が予想外だったようで、カロッタは意外そうな声音で口を開く。

「覚悟は出来ているようだな。面倒が省けて結構なことだ」

「覚悟、か。やはりテメェら、ダンジョン攻略は建前で、密輸の件で俺を調査しに来ていたか。だがな、先に一つ言わせてもらうぞ。俺は後悔などしていない。国の中枢がバカみてぇに荒れたせいで、ウチは大打撃を受けた。俺からすりゃ、色々甘い国王に――」

何かを勘違いし、そう話を始めたアーベルに、カロッタはピクリと目の端を反応させる。

「……待て。貴様はいったい、何を言っている？」

「あ……？　密輸を摘発しに来たんじゃねぇのか？」

怪訝《けげん》そうな表情を浮かべる領主アーベル。

その顔からは、こちらを謀《たばか》ろうとしている様子は微塵《みじん》も感じられない。

「……どうやら、これは、予想が外れたようだな」

俺と同じことを感じたのだろう、カロッタはポツリとそう呟《つぶや》いた。

――海賊討伐を終え、海賊船長への尋問を行ったところ、やはり彼らは何者かに依頼され、俺達を襲いに来たという話だった。

海賊船長によると、その何者かは顔を隠し、名を明かすこともなかったようだが……少なくとも聞いたことのある声ではなかったため、恐らくあの港の『裏』で生きる者ではないだろうとのこと。

そして、問題はやはり――俺達の乗った船が帰港に動き出した、ピンポイントのタイミングで海賊どもが襲いに来たことだ。

海賊船長は、依頼者に合図を出され、それからアジトを出港したと言っていた。

つまり、裏にいる何者かは、海上にいる俺達がどこにいて、どこを進んでいるのかを正確に知っていた、ということである。

考えられる理由は……一つある。こちらからの定時報告だ。

モールス信号のようなものを送ることが出来る魔道具が、俺達の乗った船には置いてあり、それで領主館に『ダンジョン攻略完了』の報を伝えてあったそうなのだ。

そうである以上、領主館の者であればこちらの動きを知ることが可能であり、故に領主アーベルに色々とお話を聞くため、船がポーザの港に到着すると同時に一気にここまで詰めかけて来た訳なのだが……。

俺は、彼女らのやり取りを横目に、マップを開いて確認する。

それらしい敵性反応は、この領主館には存在していない。

街の方には……幾つかあるな。街の一区域に集中しているのを見る限り、どこかの組織とかそういう感じだろうか。

俺達を殺したいヤツは、そっちの方に逃げ込んだか？

詳しく見たいところではあるが、建物の内部などはマップで見ることが出来ない。俺が目視するかイービルアイを送り込んだら確認出来るようになるだろうが……。

——と、その時俺は、ふと以前見た者の姿がないことに気が付く。

「あれ……？　領主さんよ、アンタの補佐をしていた執事のにいちゃんはどうした」

この領主以外の使用人は今、全員中庭に出され、聖騎士の一人から事情聴取を受けているのだが……その中に、以前この領主館に来た際仕事を取り仕切っていた執事の姿が見当たらない。

「？　ケルワのことか？　ここにいるはずだが」

だが領主は、俺の質問に、よくわかっていなそうな顔で答える。

……なるほど。ここにいるはずの者が、いないと。

「……探すべき者がわかったようだな」

俺の質問の意味をすぐに察し、カロッタはそう言った。

◇　◇　◇

「――見つけた、ここだ」

俺は、マップとイービルアイで見つけたソイツの位置を、それらしくスキルを使っているようなフリをしてカロッタに教える。

場所は、スラム街と海辺の波止場の間にあるような区域で、多数連なった倉庫の一つ。

恐らく見張りなのだろう、近くに停泊している船で数人が作業しているのだが、意識が倉庫の方に向いているのがバレバレだ。

「聞いたな、お前達！　仕事の時間だ。仮面にばかり活躍させていると、後でネルの惚気《のろけ》を聞くことになるぞ！」

彼女の言葉に、聖騎士連中から笑いが漏れ、その笑いのタネにされたネルが顔を赤くしながら、不満そうに唇を尖《とが》らせている。

だが、表情を見る限り、満更でもなさそうなのが最高に可愛《かわい》いヤツである。

――それからの聖騎士達の動きは、凄《すご》かった。

見張りを伸《の》した後に、盾持ちを先頭にして一気に倉庫内部へと突入すると、

「な、何だ⁉」「誰だテメェら⁉」と出て来たゴロツキどもを張っ倒し、制圧を開始。

さながら特殊部隊ばりの動き――いや、実際コイツら聖騎士は、前世ならば特殊部隊に分類されるヤツらなんだろうな。

ただのゴロツキでは、そんな彼らを相手にまともに戦えるはずもなく、突入開始から十分も経《た》たずして制圧は完了した。

どうもここは、いわゆる『逃がし屋』と呼ばれる仕事を生業《なりわい》にしている者達が拠点にしている場所だったようだ。

見ると、どこかの貴族のものらしい紋章の彫られた馬車が数多《あまた》置いてあり、形式が違う幾つもの身分証など、それらしい物品が大量に置いてある。

あれらは、追跡を逃れたり関所を誤魔化《ごまか》したりするためのものなのだろう。

そして――俺達の前に転がる、両手を縛られた執事服の男。

特急で用意されたらしく、若干荒れているものの準備の整っている馬車が一台あったのだが、その中に隠れていたコイツは聖騎士達に引きずり降ろされ、その際に抵抗したため顔面を剣の柄で殴られ、歯が数本欠けて無残な顔になっている。

顔面を大きく腫《は》らしたその執事に対し、カロッタは嘲笑《ちょうしょう》するような口調で、口を開いた。

「随分急ぎのようだったが、執事。どこかへお出かけか？」

「チッ……俺は貴族籍を持っている、アーベル様も黙っていない！　こんなことをして、どうなるかわかっているんだろうな！」

「ほう、いったいどうなるのか、是非とも教えてもらおう。領主館の仕事を放り投げ、逃がし屋どもにコンタクトを取る貴様を我々が捕らえたことで、いったいどうなるのか。誰かが庇《かば》いに来ると？」

カロッタの言葉に、執事は一瞬顔を歪《ゆが》ませるが……しかしこの状況はもうどうしようもないと観念したのだろう、あっさりと白状を始めた。

「クッ……わかった、いいだろう。話すからこの縄を解いてくれ」

「先に話せ。それから判断する」

「……全《すべ》て、アーベル様の指示だ。お前らが海賊すら退けて帰って来やがったから、裏でやっていることがバレたと判断して、逃げる算段を俺にやらせていたんだ」

「では、我々に海賊を嗾けたのもアーベルだと？」

「そうだ。ヘタに勘繰られる前に、消してしまえば全てカタが付くって判断からな」

「そうか、なるほどな」

カロッタは、突然執事の髪を無造作に掴《つか》み上げると、思い切り壁にガッと叩《たた》き付ける。

「ッ――!!」

「――猿芝居はやめることだ」

鼻を折ったらしく、鼻血をダラダラと流す執事の髪を掴んだまま、酷薄な笑みを浮かべて彼女は言葉を続ける。

「奴《やつ》からはすでに話を聞かせてもらった。色々とやっていたようだったが、我々の知りたいことに関して言えば、シロだった。貴様の、本当の主を言え」

「グッ……教会の狗《いぬ》が……‼」

「狗で結構。貴様らのような恥知らずに成り下がるより余程マシだ。――さぁ、五体が残っている内に口を割ることだ。我々は別に、貴様の指が全て無くなろうが、手足が無くなろうが、喋《しゃべ》ることさえ可能ならば一向に構わん。根気良く付き合ってやろう」

カロッタが非常に活き活きと尋問を開始する横で俺は、ボソッと隣に立つネルに耳打ちする。

「……なぁ、ネル。どうしよう、ちょっと怖いんだけど」

「あ、あはは……僕も」

若干引《ひ》き攣《つ》ったような笑みを浮かべ、我が嫁さんはコクリと頷《うなず》いた。

◇　◇　◇

――領主アーベルは、貿易禁止国との貿易を行っていたのだそうだ。

俺も深く関わっている、王都における諸々《もろもろ》の騒動のせいで、物流の一部が大きく滞り、国の端に位置しているこの港はモロに影響を受けたらしい。

目に見えて民に食料が回らなくなり、このままでは餓死者が多数発生すると判断した領主アーベルが出した答えは――密貿易。

長年敵対関係にあり、国交もなく、全面的に貿易が禁止されているとある国と、密《ひそ》かに商いをしていたのだそうだ。

どうもその国では、南方にあるため前世でも中世に高値で売られていた香辛料の類が安価に手に入るそうで、こっそり仕入れた後は密貿易がバレないようまた別の国で高く売りさばき、そして自領に食料品を持って帰っていたらしい。

領主アーベルは俺達のことを、ダンジョン攻略とは別に、その調査をしに来たのだと思っていたのだそうだ。

自分が法を犯していることは重々承知していたようだったので、最悪の場合も覚悟しており、故にあれだけ堂々とした態度を取っていたのだろう。

だが、今回の件に一番肝を冷やしていたのは、ポーザの港の領主ではなく――彼の執事と、その裏側にいる別の貴族であったようだ。

カロッタによる尋問で、ボロボロにされた執事が口にしたのは、自身がしていたのはダンジョンの監視という話だった。

つまり海賊を嗾けて来たのは、あのドラウグルの魔王を嵌《は》めた、ヤツの友人であったという貴族という訳だ。

ソイツもまた、どうやら幾つかの情報から、あのダンジョンの魔王が自分が嵌めた元公爵であるという確証を得ていたらしく、監視要員としてこの港に執事を派遣していたようだ。

自分のした悪事が、バレないように。

だが俺達は、その危惧《きぐ》を現実にし、ダンジョンの攻略を完了。

あの魔王と対峙《たいじ》した俺達に、秘密がバレたのか、バレていないのかはわからないが……それならばとりあえず殺してしまえというのが、悪人だ。

ダンジョン攻略完了の報告を受けるや否や、予《あらかじ》め指令を受けていた執事は、目星を付けておいた海賊船団に依頼を出し、ダンジョン攻略で消耗している俺達——全く消耗はしていなかったが——を襲わせ、証拠隠滅を図った。

領主アーベルの、密貿易の発覚阻止という理由を表向きのものにして。

ただ、ヤツらにとって誤算だったのは、俺達の総指揮官であったカロッタがバカでもマヌケでもない非常に有能な指揮官であり、融通が利き過ぎる程に利き、そして聖騎士に勇者に魔王という、過剰戦力を手駒として揃《そろ》えていた、という点だ。

要するに、俺達がこの港にやって来た時点で、ヤツらはもはや詰みだったということである。

その海賊船団も返り討ちに遭い、せめて証拠隠滅失敗の報を届けるべく執事は逃げ出そうとして、しかしそれも上手《うま》く行かず捕まり、現在に至る、という訳である。

「アーベル、この間抜けに関しては我々がもらっていくが、いいな？」

「……あぁ。ソイツはもう、俺の身内じゃねぇ。好きにしろ」

領主アーベルは、領主館の中庭に連れて来られた若い執事を冷たい瞳《ひとみ》で見下ろし、吐き捨てるようにそう言った。

「か、頭、俺は……」

「黙れ‼　テメェには、信用ってものの大切さを幾度となく説いたはずだ。テメェはそれを、見事踏みにじりやがった。二度と……二度と俺の前にその薄汚《うすぎたね》ぇツラを見せんじゃねぇ‼」

「ガッ……‼」

ボロボロの執事の顔面を殴り飛ばし、フー、フー、と鼻息荒く呼吸を繰り返してから、彼はこのままだと殴り殺してしまいそうだとでも思ったのか、無言で領主館の中へと戻って行った。

ちなみに、密貿易を行っていた領主アーベルに関しては、法を犯してはいても悪事を働いていた訳ではないとして、カロッタは情状酌量の余地ありと判断し見逃すことにしたそうだが……まあ、彼女のようなやり手が、タダで見逃すはずもなく。

今後、教会陣営に全面的な協力を約束し、彼らの協力者として――というか、ほぼカロッタの手駒として、何か有事の際には働くよう話が付けられたようだ。

ただ、一方的な協力にしてしまうと、今後の禍根の種となってしまう可能性があるため、この港に対する食糧支援と経済協力はするそうだが、完全に『首輪』が付いた形なので、アーベルにとっては大分痛い結果となったのは間違いないだろう。

ホント、彼はクソ野郎を部下に持ってしまったせいで踏《ふ》んだり蹴《け》ったりの結果である。流石《さすが》に同情する。

また、俺達が拿捕《だほ》した海賊船四隻に関しては、そのまま領主が買い取るという形になったので、頭数で割っても一財産になる額がそれぞれに入ることになっている。加えて俺は、海賊討伐に多大に貢献したということで、更にプラスして報酬がもらえるようだ。

その支払い自体は、額が額であるため少し時期が開いてしまうとのことだったので、ネルに受け取ってもらうことにした。

と言っても、そのまま俺は受け取らず、彼女に全額くれてやるつもりなのだが。

俺、人間の国の貨幣とか、全く使い道がないので。稼ごうと思えば、魔境の森に生息する魔物の死骸《しがい》を売れば、すぐに金になるし。

「さ、奴からの許可も得られたな。これで、晴れてお前は我々の客人となった訳だ」

「……クッ……」

「連れて行け」

クイとカロッタが顎《あご》で指示を出すと、それに従って聖騎士達が憔悴《しょうすい》した様子の執事の両脇を掴み、傍に停《と》めてあった鉄格子付きの馬車へと連れて行く。

「これで一件落着、と言いたいところではあるが……後は肝心の黒幕だな」

執事が馬車にぶち込まれる様子を見ながらそう言うカロッタに、俺は問い掛ける。

「そっちは、任せていいんだな？」

「あぁ、ここからは我々の仕事だ。これだけ証拠が揃えば、後は捕らえるだけ。これで逃げられるようでは、単純に職務怠慢としか言えんからな。任せてもらおう」

「……わかった、頼んだぜ」

不死王《ノーライフキング》、アンタの恨みは、どうやら晴らすことが出来そうだ。

カロッタにバトンが渡った以上、きっとこれ以上なく痛快に、ソイツを追い落としてくれるだろうさ。

だから、これでしっかり成仏して、そして快く俺に、お前のダンジョンを明け渡してくれよ？

「良かったね、おにーさん。……これで心置きなく、あのダンジョンを活用出来るね」

こそっと、後半部分だけ小声にして、そう言うネル。

「……よくわかったな、俺の考えてること」

「おにーさん、気を抜いてる時は、すぐに顔に出るからわかるよ。……それに、僕もおにーさんのお嫁さんだからさ。これくらいは、察せるようにならなきゃね」

若干照れつつ、彼女は微笑《ほほえ》んだ。

我が嫁さんが可愛《かわい》過ぎて、もう吐きそうなんだけど。どうしよう。

「それで――わざわざこちらまで来てもらって申し訳ない、ギルドマスター殿」

そう、我が嫁さんの天元突破した可愛さに和んでいると、一連のやり取りを傍で見ていたポーザの港のギルドマスターに向かって、カロッタが口を開く。

「いえ、どうも色々と、大変だったようですからね……ともあれ、魔王討伐完了、非常に助かりました。こちら、討伐報酬です。ご確認を」

「うむ……確かに受け取った」

「攻略の過程で得られた魔物の素材などは、随時引き取りましょう。ダンジョンコアはどうされました?」

「コアは攻略の過程で壊してしまった。だが、幾つか買い取ってもらいたいものが——」

カロッタとギルドマスターが事務的な話を始める隣で、俺は後ろに控えていた冒険者パーティの三人組に話し掛ける。

「んで……お前らは、晴れてアダマンタイト級冒険者になったって訳か」

「おう、師匠。これで俺らも一角《ひとかど》の冒険者だぜ!」

俺の言葉に、にっと笑みを浮かべるレイエス。

「……まあ、結局私達、いる必要があったのかどうか、疑問に思うダンジョン攻略だったけれど」

「言うな、悲しくなるだろ……」

遠い目をしてそう言うルローレの肩を、ポンと叩いて首を左右に振るグリファ。

「気にし過ぎだ、お前ら。師匠が規格外過ぎて、ただの観光旅行かと思わんばかりに楽な仕事だったのは確かだが、昇格は昇格だろ?」

「アンタは能天気でいいわねぇ……」

ルローレが呆《あき》れたように言ったその時、カロッタとの話が付いたのか、ギルドマスターがこちらの会話に加わる。

「ワイ君、と言ったね。どうだい、君、ギルドに登録しないかい? 今なら特別に魔銀《ミスリル》で登録してあげられるよ?」

と、彼の言葉の後に、グリファが言葉を続ける。

「ギルマス、あんちゃんを勧誘するんだったら、魔銀じゃあ確実にランク詐欺になんぞ。オリハルコンで、ようやく納得出来るくらいだな」

「右に同意だ」

「左に同意ね」

「オリハルコンは流石に、他支部と協議した上での承認が必要になるからなぁ……三人がそこまで言うのなら、アダマンタイトまでならばギリギリ私の権限で許可が出せるが、どうだい？」

勧誘してくるギルドマスターに、俺は手をヒラヒラ振って答える。

「悪いが、どこかの組織に属するつもりはなくてな。勧誘はありがたいが、遠慮しておくよ」

「そうか……なら気が変わったら、いつでも言ってくれ。その時は、我々ギルドは君のことを歓迎しよう」

冒険者なー……本気でやったら、それはそれで面白そうだが、俺、討伐される側だからなー。

今持っている銅《ブロンズ》の冒険者証だったら、一番低いランクだし仕事なんて全然しなくても何も言われないだろうが……アダマンタイトなんて上から二番目のランクになってしまったら、色々義務とか柵《しがらみ》とかが生まれそうなのもあるし、俺にとっては邪魔になる可能性の方が高いだろう。

ちょっと、惹《ひ》かれるものがあるのも確かなんだけどな。

「師匠と同業になったら、それはそれで楽しそうだがなぁ……」

少し残念そうにするレイエスに、俺は笑って肩を竦《すく》める。

「別にこれで今生の別れって訳じゃないんだし、また一緒に仕事をすることもあるだろうさ」

特にコイツらは、なかなか有能だってことが今回の攻略でわかった。

仕事してないって自虐していたが、そんなことはない。案内も的確だったし、知識も豊富だったので、ダンジョン攻略中は「流石本職」としきりに感心したもんだ。

カロッタとも知り合いになったことだし、きっと今後、冒険者が必要な仕事がある場合は、彼らを扱き使うのではないだろうか。

ならばその内、また会うこともあるだろう。同じような感じで、一緒の仕事をすることになったりな。

「そんじゃ、話も終わったことだし――」

チラリとネルの方に視線を向けると、コクリと彼女は頷《うなず》く。

「――俺達は帰るよ」

「む、こんな時間にか？　もう大分夜も遅い上に、馬車も出ていないが……」

俺の言葉に、怪訝《けげん》そうな表情を浮かべるカロッタ。

「あぁ。実は内緒の帰りの手段を自前で持っていてな。帰ろうと思えばすぐに帰れるんだ」

ダンジョン帰還装置で、さっさとウチに帰るだけなので。

すぐ帰れるのに、わざわざあんまり寝心地《ねごこち》の良くないこっちの寝具で一泊するのもちょっと嫌だし……。

もう帰りたい意思が前面に出てしまって、若干テキトーになっている俺の説明に、しかしカロッタや聖騎士連中、そして冒険者の三人組は妙に納得したような表情を浮かべる。

「……お前ならば、そんな手段を持っていてもおかしくはないか」

「師匠なら、あるだろうな。こう……空でも飛んで帰るようなの」

「空間魔法なんかで一瞬で帰ったり出来そうね……」

カロッタの言葉の後に、レイエス、ルローレと言葉を続ける。

ルローレさん、当たりです。

「わかった、では、我々が王都に戻るまでの時間を考慮して……一週間程休暇を出そう、ネル。しっかりと骨を休めてこい」

「はい、ありがとうございます、カロッタさん！」

ネルの返事に、一つコクリと頷いてから、カロッタは次に俺の方を向く。

「仮面、これがダンジョン攻略に関する分のお前の報酬だ。海賊船に関する金は、事前の取り決め通り、後日ネルに渡そう」

「あぁ、頼んだ。また何か仕事があるようなら、ネルに関することだったら受けるぜ」

「フッ、わかった。うむ、その時はお願いしよう」

受け取った金貨入りの麻袋をアイテムボックスに突っ込み——そして俺は、周囲の者達に向かって言った。

「じゃあな、お前ら。楽しかったぜ」

「お先に、失礼しますね！」

「おう！　またな、師匠に勇者の嬢ちゃん！」

「またその内、惚気《のろけ》話でも聞かせてくれたら、お姉さん嬉《うれ》しいわ」

「仕事で一緒になったら、そん時はよろしくな」

そうして俺とネルは、その場にいた面々に見送られながら、ポーザの港を出て行く。

しばらく歩き、マップで周囲に誰《だれ》もいない場所まで来たところで、俺はアイテムボックスからダンジョン帰還装置を二つ取り出した。

「ネル、コイツの使い方は、覚えてるか？」

「うん、魔力を流せばいいんだよね？」

「おう、十分な魔力を流せば勝手に起動するからよ。――じゃ、帰ろうか」

俺達の姿は、闇夜《やみよ》に紛れるようにしてその場から消え去った。

第三章　旅行帰りの我が家は安心する

「ただいまー」

「帰ったよー」

真・玉座の間に戻り、かなり遅い時間なので二人して小声で帰りの挨拶《あいさつ》をすると、一つ返事が返ってくる。

「む、帰ったか。おかえり、二人とも」

声の主は、レフィ。

幼女組はすでに布団で深い眠りについているようで、メイド隊も彼女らの寝室に引っ込んでいるらしく、姿が見えない。

レフィは……まあコイツ、夜型というか、自堕落なせいで基本的に夜が遅いので、今日も起きていたのだろう。

「ネル、この阿呆《あほう》が何か阿呆なことを仕出かさなかったか？」

「うーん……ちょっとそういうとこもあったけど、でもしっかり仕事して、活躍してたと思うよ？カッコよかったところもあったから」

「そうか、ならば――いや、しかしお主は少々、ユキを甘やかす面があるからのう。あまり信用ならんな」

「え、そ、そうかな？　僕としては、そういうつもりはないんだけど……」

「いいや、儂《わし》ら三人の中では、間違いなくネルが一番甘いの。お主だけは、毎日会える訳でもないが故に、ある程度は仕方ないかもしれんが……気を付けるのじゃぞ。あんまり甘やかし過ぎて、此奴《こやつ》に駄目男になられても困る。童女どもの教育に悪いからの」

「う、うん。わかった、気を付けるよ」

そう、まっとうな保護者みたいなことを言うレフィに、納得したようにコクリと頷くネル。

ちなみにこの間、俺は黙して布団の準備である。

こういう会話を我が嫁さん達がしている時は、色々言いたいことがあったとしても、口を挟むと火傷《やけど》をするということをよく理解しているが故の対応だ。

フッ、慣れたもんさ、俺も……尻《しり》に敷かれている今の環境に。

……と言っても、ぶっちゃけその環境を嫌じゃないって思っている俺がいることも、確かなのだが。

「あー、お二人さん、ご歓談中申し訳ないが、そろそろお休みしないかい。時間も時間だし、流石にちょっと疲れた」

「む、そうか、お主らは仕事から帰ったばかりであったな。もう少し話をしたいところではあるが、それはまた明日にしよう」

「おう、そうしてくれ。――という訳で君達、一緒に寝ないかい」

ニヤリと笑って、ポンポンと敷いた布団の両側を叩《たた》くと、レフィとネルは互いに顔を見合わせる。

「……まあ、儂は良いが」

「う、うん、僕もいいけど……」

レフィは「困った奴《やつ》だ」とでも言いたげな様子で肩を竦め、ネルは若干気恥ずかしげな様子で頬《ほお》をポリポリと掻《か》き——そして二人は、俺の両脇に身体《からだ》を横たえた。

両側から感じる、彼女らの温《ぬく》もり。

一つの布団に三人で入っているため、少し狭くはあるが……何というか、その狭さが、とても心《ここ》地《ち》良い。

「両脇で嫁さんに添い寝されての就寝……最高に素晴らしい。惜しむらくは、ここにリューがいないことか」

「リューには、後日頼むことじゃな。きっと彼奴《あやつ》も、アタフタしながらも嫌とは言うまいて」

「あはは、そうだね。明日辺り頼んでみたら？」

「うむ、是非ともそうしよう」

俺は、至福を感じながら、眠りについた。

◇　◇　◇

翌日。

「海の幸、いっぱい買ってきたどおお！」

「き夕どー！」

「うおー！」

「……海の幸」

俺の言葉を聞き、ノリ良く両腕を振り上げるシィとイルーナに、味を想像しているのか、むむむ、と一人唸《うな》っているエン。

エン、元々が無機物で、『食べる』という行為を以前は知らなかったからか、意外と食いしん坊な面があるのだ。

フフフ、いいことだ。そのまま食通となって、異世界の食べ物を食い尽くすといい……食べ歩きがしてみたいとかも、言っていたしな。

「見よ、この魚の大群を！　海産物の大行進だ！」

「だいこーしん！」

「いっぱいクるぞー！」

「……美味《おい》しそう」

かごに入った大量の魚を机に並べる俺に、幼女達が歓声をあげる。

「……彼奴、何故《なぜ》あんなにてんしょんが高いんじゃ？」

「確かにご主人、楽しそうっすねぇ」

「フフ、皆と一緒にいるのが嬉しいんだよ、きっと」

「あの量、料理のし甲斐《がい》がありそうですねー」

そう、大人組がのんびりと会話を交わす中で、俺はちょいちょいとレフィを手招きする。

「レフィ、レフィ」

「何じゃ」

「タコだあああ‼」

「ぬわああああ⁉」

「ぶへぇ⁉」

俺が突然、目の前に新鮮なタコを翳《かざ》したためか、ビックリしたレフィが俺の顔面をパーでバチィンと叩く。

多分、突然のことで力加減を誤ったのだろうレフィのそのビンタを食らい、俺の身体はさながらトリプルアクセルが如《ごと》き勢いで回転しながら吹き飛び、そのままダンジョンの壁に派手にぶつかってようやく停止する。

今ので、俺のＨＰの半分が消し飛んだ。

ここ最近で、一番のダメージ量である。死ぬかと思いました。

「ぐ、ぐおお……い、痛《いて》ぇ」

「おにいちゃん……今のはおにいちゃんが悪いよ？」

「あ、はい、ごめんなさい」

冷静にイルーナに注意され、吹っ飛ばされたヘンな体勢のまま普通に謝る俺。

つい、出来心で……へへ。

「フー、フー……そ、そうじゃぞ、お主！　気色悪いものを突然目の前に出しおって！　心臓が飛び出るかと思うたわ！」

「すまん、すまん、悪かったって」

でも正直、クソ程痛かったが、お前のその驚く顔が見れたので大満足です。

まだ頬がジンジンと痛むが、とりあえず動けるところまで回復した俺は、一緒に吹っ飛んで俺の頭の上に乗っかっていたタコをベチョリと剥《は》がし、立ち上がる。

「……ゴホン、さ、気を取り直して！　この大量の海の幸！　いったい、どうすると思う？」

「はい！　お魚のこーしんごっごをすると思います！」

「シィ、しんかいギョやる！」

「……うつぼ」

「なら、わたしはヒラメ！」

「い、いや、お魚の行進ごっこは、また今度ね」

幼女組の三人が、それぞれ自分が言った魚のマネをし始めたので、俺は苦笑を溢《こぼ》しながら否定する。

あと君達、何故そう、チョイスがそんなのなんだ……もうちょっとあるだろ、他にさ。

「するのか？　魚行進ごっこ」

「……その内な。その時にはお前も魚役やってもらうぞ。な、イルーナ」

「うん！　おねえちゃんも、お魚の一匹をお願いね！」

「えっ……う、うむ、そ、その内な」

俺とイルーナの返答に虚を衝かれたのか、ニヤニヤしながら俺に話し掛けたレフィは、次に若干動揺しながらそう答える。

フッ、バカめ。俺が答えに窮する様子を見たかったのだろうが、お前も道連れだ。

お魚行進ごっこの際お前には、シィと一緒に深海魚でもやってもらうとしよう。

その間俺は、マグロ辺りをやって、荒波の中を優雅に泳ぎ回るさ。

「ぐ、ぐぬぬ……墓穴を掘ったか」

「クックック、お前の考えなど全《すべ》てお見通しだよ、レフィ。伊達《だて》に毎日一緒にいる訳じゃないんだからな。――ってか、そんなことはどうでもいいんだ」

俺は、幼女組のみならずこの場にいる面々全員に向かって言った。

「諸君――海鮮バーベキューをするぞ‼」

◇　◇　◇

「うわあ！　すごいすごい！　海だー！」

「ほう……もしやここは、お主らが攻略したというダンジョンか？」

目の前に広がる光景を見ながら、そう問い掛けてくるレフィ。

「あぁ、そのダンジョンだ。実はここ、どういう訳か俺のものになってな。扉を繋《つな》げて、こっちにも来られるようにしたんだ」

現在俺達は、攻略した例の幽霊船ダンジョン、その中で一番甲板がしっかりしている船の一つにやって来ていた。

周囲は見渡す限り海の青で、この船の墓場の幽霊船群も、まあボロボロのお化け屋敷みたいな様相は変わらないのだが、生者憎しのレイスどもや機械的に襲って来ていたスケルトンがいないだけ、随分と空気がマシなように思う。

現在が夕方に近い時刻なので、若干空が赤く染まり始めてはいるが、こちらのダンジョン内部に俺が光源を新たに追加したので、全くおどろおどろしい雰囲気がないというのもあるかもしれない。ただ、内部は外見相応にまだ荒れているので、幼女組もメイド隊もそっちには行かせられないんだけどな。

「ご主人ご主人、炭の準備、出来たっすよ！」

「オーケー、よくやった、リュー」

俺は、指先に原初魔法の『火』でマッチくらいの火力の火を出現させ、アイテムボックスから取り出した適当な紙に着火する。

それを、準備されたバーベキューコンロの炭の中に突っ込み、炭の位置を多少動かしたりして、全体に火を回していく。

「よし、点《つ》いたな。で、そっちは……おぉ、器用だな」

一緒に呼び寄せていたペットズの方を見ると、化け猫のビャクが火魔法を発動し、彼ら用に造っておいた自作特大コンロに火を点け、準備を終えていた。

自作したといっても、そう大したものではなく、レンガを積み上げて囲いを作り、そこに網を置いただけのものだ。

バーベキューコンロって、作ろうと思えば結構簡単に作れるものだったりする。

ただ、ここが船上で、床が木製で引火の危険があったので、この辺りの床にはダンジョン機能の一つである『硬化』を掛け、滅多なことではどうもならないようにしてある。

硬化は、掛けておくと耐火性も著しく向上するのだ。

というか、オロチとかもいて、そのままだと普通に床が抜けそうだったし。

「お前らは……じゃあ、適当に解体してそっち持ってってやるから、好きに焼いて食ってくれ」

俺の言葉に、ペットどもは嬉《うれ》しそうに鳴き声をあげる。

コイツら、ホントに手が掛からないから楽だよなぁ……。

「――っと、そうだ。これ、リル、お前にやるよ」

そう言って、俺がアイテムボックスから取り出したのは、大雑把に切り分けたデカ魔物肉。

これは、一応今日の海鮮バーベキューが日頃《ひごろ》一番頑張ってくれているリルを労《ねぎら》うという名目なので、彼用に用意したものだ。

ネルやレイラにこちらの世界での高級肉を聞き、魔境の森に棲息《せいそく》している種がいたので、それを狩っておいたものだ。

「クゥ」

「おう、気にすんな。いつもありがとな、リル。あ、分けたかったら好きに分けてくれ」

ポンポンと身体《からだ》を叩《たた》いてそう言うと、リルは俺に向かって頭を下げる。

済まし顔を浮かべてはいるが、尻尾《しっぽ》がブンブン揺れているので、喜んでくれてはいるようだ。

味わって食べろよ。

「さて——さっそく焼くとするか！　まずはデカあさり！　これにバターを乗せて、しょうゆを垂らす！」

『おぉ〜』

ジュワア、と良い香りが辺りに漂い始め、幼女組のみならず大人組も堪《こら》え切れない様子で声を漏らす。

「そして次に、エビ！　特製ソースを、プリプリの身に塗って焼く！」

「オー！　いろがかわるー！」

「おもしろーい！」

焼いたエビが、どんどんと赤くなっていく様子を見て、シィとイルーナが楽しそうな声をあげる。

「そしてそして！　塩の味付けをしたあゆの串焼《くしや》き！　海鮮バーベキューなら欠かせない一品‼」

「それ、棒を刺す必要があるのか？」

「こういうのは様式美だから、細かいところは気にしないでよろしい」

あゆは串焼き。異論は認めない。

……厳密には海鮮ではないだろうが、普通にポーザの港で売っていて、美味《おい》しそうだったので買って来た。美味しければ正義なのだ。

「後は……各自好きに焼いて食え！」

「急に適当になったの」

「俺もさっさと食いたいんだ。特にデカあさり！」

「あぁ、おにーさん、この貝探しにいっぱい見て回ったもんねぇ」

「これ、すごい好きなんだよ」

ネルの言葉に答えながら、トングでそれぞれの皿にデカあさりを置く。

デカあさり、前世ですごい好きで、ネルと一緒にポーザの港の市場巡りをした時、これを探して回ったのだ。

「どうだ、美味《うま》いだろ？」

「あちち、おいしー！」

「あつあツ！」

さっそく色々と食べ始めたシィとイルーナが、熱そうにしながらも美味しそうにニコニコと笑みを浮かべる。

うむうむ、いい食いっぷりだ。もっと食いたまえ。

「まだまだあるから、どんどん食ってくれ――っておわっ⁉　あ、あぁ、レイか。ビックリした」

突如にょき、とコンロの炭の中から顔を覗《のぞ》かせたレイス三人娘の一人、レイが、いたずらが成功したことが嬉しかったのか、そのまま満面の笑みでコンロの金網から抜け出して逃げて行った。

……俺の中で地味に自慢なのが、少し前からレイス娘達を一目見て誰《だれ》が誰だか判断出来るようになっていることだ。

いたずらが成功した時、長女レイはすごく嬉しそうにニコニコし、次女ルイは「してやったり」といった顔でフフンと得意げな顔を浮かべ、三女ローは表情こそ変わらないもののクルクルとその場で回る。

それぞれの性格の差が結構出るので、それで見分けられるようになった。

ちなみに、現在ルイとローは人形憑依《ひょうい》状態でペットどもの近くにおり、リルの耳をわしゃわしゃいじったり、オロチの頭の上に乗って景色《けしき》を堪能したりしている。

前者がルイで、後者がローだ。

いつもながら、自由な子らである。可愛《かわい》い。

「レイラ、カルパッチョは出来たか？」

「はい、完成ですー」

タコとサーモンのカルパッチョを作っていたレイラが、出来上がった皿をこちらに持って来る。

おぉ、綺麗《きれい》に盛り付けられてるな。超絶美味そうだ。

「……本当にそれを食うのか？」

と、切り分けられたタコへと懐疑的な視線を送るレフィ。

「勿論《もちろん》だ。ほら、とりあえず一切れ食ってみろ。絶対美味いから」

タコの切り身の一つを、菜箸《さいばし》でつまんで彼女の口元に持っていく。

「んむ……」

「どうだ」

「……独特な歯ごたえじゃが……確かに美味いの」

悔しそうにそう言うレフィに、俺はニヤリと笑みを浮かべる。

クックック、今度お前には、たこ焼きも食わせてやろう。

きっと、その美味さにお前は、もう二度とタコが気色悪いとは言えなくなることだろう。

「ゴホン……それよりユキ。貝と……あと肉は任せろ。儂《わし》がしっかり焼いてやる」

「おう、焼いてくれるなら任せるが、あんまりそればっかりに偏らせるなよ。バランス良くやれ」

お前がやると、好きなものばっかり並べて、金網の上がそれのみになる可能性があるからな。

「それじゃあ、僕は野菜を焼こうかな」

「ネルよ、別に我慢せず、好きなものを好きに食っていいんじゃぞ？」

「え、いや、僕結構野菜好きなんだけど……」

ネルの言葉に、レフィはおかしなものを見るような目を彼女に送る。

「馬鹿言え、そのような草を、自ら好む者などこの世におるまいて」

「レフィ、お前は一度、農家の人に謝った方がいい」

「そうっすよ、レフィ様。お野菜食べないと、美貌《びぼう》が損なわれちゃうっすよ！」

もしゃもしゃキャベツを食べながら、諌《いさ》めるように言うリュー。

……ちょっと、ハムスターみたいだ。

「リュー、お前、ハムスターみたいだな」

「え、な、何すか、急に……その評価はウチ、喜んでいいんすか」

彼女の言葉に、俺は肩を竦《すく》めて答える。

「ハムスターみたいに愛くるしいってことさ」

「ご主人、ウチもう、そう簡単には騙《だま》されないっすからね。ご主人がそういう顔してる時は、大体いつも面白がってる時っすから」

バレている。

「……成長したな、リュー」

「ふふん、ウチだって、やり込められるばかりじゃないんす！」

もしゃもしゃしながら、腕を組んで薄い胸を張るリュー。

コイツのドヤ顔、ちょっとアホっぽくて俺すげー好きだわ。

「レイラおねえちゃん、びぼーってー？」

「綺麗って、ことですよー、イルーナちゃん。お野菜をいっぱい食べると、栄養がいっぱい摂《と》れて、綺麗になるんですー」

「むむ……！　なら、わたしもいっぱいお野菜食べる！」

「シィも、きれいになれるかな？」

「ええ、勿論。綺麗になると……き、綺麗になると思いますよー」

珍しく答えに窮した様子で、誤魔化《ごまか》すようにそう答えるレイラ。

……確かに、シィに関しては、食べ物で綺麗になるとかあるのだろうか。

この子も基本的には魔力だけで生きられる存在だし……謎だ。

「……魔王様、シィちゃん、どうなのでしょうかー？　基本的に何でも食べられますし、私達と同じように栄養という概念が適用されるのでしょうかー……？」

「さあなぁ……」

と、レイラに言葉を返している時に、ふとエンが一人ずっと無言のままなことに気が付き、彼女の方へ顔を向けると――。

「エン、美味《おい》しいか？」

「……最高」

ただ黙々と、貝にエビに魚に肉に野菜を食べていた彼女は、幸せそうにコクリと頷《うなず》いた。

うん、君が幸せなら、俺も嬉しいよ。


「――それにしても、ご主人の迷宮はどんどんおっきくなっていくっすねぇ……これ、もう世界でも有数の迷宮って言える規模になりつつあるんじゃないっすか？」

アツアツのエビをもぐもぐしながら、幽霊船ダンジョンに視線を巡らすリュー。

「え、マジで？」

「魔境の森をあんなに支配して、こっちの海の方にもこんなおっきな迷宮があって、二つ合わせれば相当な規模だと思うっすよ。ね、レイラ」

「そうですねー……四百年近く攻略が続いている『孤島迷宮』や、もはやいつから存在するのかさえわからない『火山迷宮』などと比べると、魔王様は非常に若い迷宮の主《あるじ》と言えるでしょうが、リユーの言う通り規模で言えば、すでに上から数えた方が早いくらいかとー」

「おおー……それは嬉しいな」

確かに今では、魔境の森の南エリアはほぼ完全に支配領域にしており、北エリアと東エリアが半分程、一番魔物が強い西エリアがちょこっと組み込んだくらいといったところなのだが……いつの間にか俺も、一角《ひとかど》の魔王となっていた訳か。

これで木端魔王からは、出世したと言えるだろうか。

「……いえ、規模だけではないですねー。考えてみればレフィ様がいる時点で、恐らくこの迷宮は、攻略の難しさに関しても世界一と言っていいと思いますよー？」

そう言ってレイラは、銀髪の少女の方へと顔を向ける。

そこでは、食事を一段落させたレフィが、ネルと幼女達と共に遊んでいた。

「ネル！　しっかり守るんじゃぞ！」

「わっ、ちょ、ちょっと、揺らさないでよレフィ！」

「えー、おねえちゃん達、肩車するーい！」

「ガったいだー！」

「……むしろ、辛《つら》そう」

「クックック、見よ、童女ども！　この戦術的な作戦を！　これで儂らに死角無しじゃあ！」

レイス娘達を加えた幼女連合に対し、ネルを肩車したレフィが胸を張り——そのままバランスを崩して、二人一緒に後ろに倒れた。

「わああ⁉」

「ぬわあ⁉」

「あっ……おねえちゃん達、大丈夫？」

「だ、大丈夫だよ、イルーナちゃん。心配してくれてありがとね。——もう、レフィ！　ビックリしたじゃないか！」

「ぬ……す、すまん」

……彼女らはボール当てをやっていて、壁の一定範囲に当てたら幼女連合の勝ち、それを防いだらレフィ達の勝ちで勝負をしていたようだが……何も言うまい。

「……アイツがいる限り、世界一だろうとは確かに俺も思うが。何か、こう、迷宮も魔王も、全く大したことないんじゃないかって思えてくるから不思議だな」

「あ、あはは……レフィ様も、た、頼りになる時はすごく頼りになるっすから」

そうフォローするリューに、ただ黙して、意味深にニコニコしているレイラ。

俺と君達は今、多分同じことを考えているのだろう。

それにしても、レフィとネルのあの二人、相性が良いのか、結構仲が良いんだよな。

基本的にレフィが振り回し、それに対してネルが、困った様子でやれやれと付いて行く感じだ。

良いコンビであると言えるだろう。

彼女らの旦那《だんな》である身としては、二人が仲良くしているサマを見ると嬉《うれ》しくなる。

「……そう言えばレフィ様の伝説の一つに、侵略に精を出して様々な国と数多くの戦争を起こした災厄級の魔王、『死王』に勝負を挑まれ、返り討ちにしたというものがありましたねー。あれは、実話なのでしょうかー？」

「へぇ……どうなんだ、レフィ？」

レフィに声を掛けると、転がっていたところからのそりと身体《からだ》を起こした彼女は、こちらに聞き返す。

「む？　何じゃて？」

「死王とかってヤツ、お前が倒したのか？」

「死王……あぁ、いつかの阿呆《あほう》じゃな。あの阿呆、儂が少し離れていた間に儂の塒《ねぐら》を破壊しおったんじゃ。腹が立ったもんで、仕返しで奴《やつ》の支配領域を全《すべ》て根こそぎ灰にしたら、知らん内に一緒に死んでおったの」

「……なるほど、勝負を挑まれたという訳でもないのですねー」

「すごい哀れな最後だな……そういう話を聞いた時にいっつも思うんだが、わざわざお前にケンカを売ろうとするヤツの気が知れんわ」

最強の称号でも欲しいのだろうか。

「ほう、そうか。むしろ、儂に喧嘩《けんか》を売った数で言うとこの世で一番のお主ならば、その辺りはよくわかるのではないかと儂は思っておるんじゃが？」

「いやいや、俺のはほら、愛情表現みたいなもんだからさ？」

「フン、面倒な愛情表現もあったものじゃの」

飄々《ひょうひょう》と答える俺に、鼻を鳴らすレフィ。

「でもレフィ様、ご主人とそうやって言い合いするの、実はすごい好きって前言ってたっすよね」

「ばっ、リュー、お主、このっ！」

横から口を挟むリューに、かぁっと顔を赤くし、上手《うま》く言葉にならない感じで焦るレフィ。

その彼女の様子に俺は、ここぞとばかりにニヤニヤと笑みを浮かべる。

「ほーほー、そうかそうか。実はすごい好きか。なるほどなるほど」

「何をニヤニヤしておるんじゃ、このあほたれ！」

「おわっ⁉　おま、俺まだ食ってんだから、食事中はやめろよ！」

真《ま》っ赤《か》になったレフィが豪速球で投げてきたボールを、手に持ったままの皿を揺らさないよう、胴体だけを捻《ひね》って回避する。

レフィがこういう反応をするだろうと、半ば予想していたから避《よ》けられたが、そうじゃなかったら確実に食らってたぞ。

「知らぬわ！　勝手に食ってろ、阿呆め‼」

そう吐き捨ててレフィは、しかしリューの言葉に対する否定は最後までせず、プリプリと怒って幼女連合の方へ戻って行った。

「うーん、レフィ様の反応、いつ見ても可愛《かわい》いっすねぇ」

「うむ、よくやったぞ、リュー。後でアイツが仕返しに来たら庇《かば》ってやろう」

「あ、ホントっすか！　その時は是非お願いするっす。まあでも、今のウチにはレフィ様をいじるネタが結構あるっすからね、そう簡単に仕返しされたりしないっすよ！」

「ほう……リューよ。君と少し、取引がしたい。色々と聞かせてもらえないかね？」

「げへへへ、ご主人、ご所望は？」

「……二人とも、活き活きしてますねー」

小芝居を続ける俺とリューを見て、呆《あき》れたような苦笑を溢すレイラだった。

◇　◇　◇

「ふー……気持ち良いな」

精霊王が訪れるちょっと前くらいに、ネルがガチャで出した『滝温泉』。秘湯と言えるだけの様々な効果が実際にあるからか、非常に気持ちが良い。

身体の奥からじわじわと込み上がって来るものがあり、もう一時間でも二時間でも入っていられそうだ。

いやー、自宅に無限に湧き出る湯があることの嬉しさよ。

しかも浸《つ》かっているだけで、ＨＰもＭＰも伸びる訳だし、最高だ。

ネル、本当に良いものを出してくれたぜ。

「おにいちゃんおにいちゃん！　見て見て、タコさん！」

「はは、本当だ。レフィに見せたら嫌がりそうだな」

湯舟に浮かべたタオルを両手で束ね、プクリと丸く浮かばせるイルーナに、俺は笑って答える。

「タコさん、とってもおいしいのに、おねえちゃんは何であんなイヤそーな顔するんだろうね？」

「アイツ、触手とかそういう系、気持ち悪くてダメだって前に言ってたからなぁ。多分それでタコもダメなんだろうさ」

わからなくもないがな。前世でも、日本人は普通にタコ食うけど、海外だと気持ち悪がられるってのは、結構有名な話だ。

それに、レフィも俺と同じく、足多い系とかフォルムが気持ち悪い魔物なんかには、多大な拒否感と嫌悪感を示すタイプだし。

ネルやリュー、特にレイラなんかは、そういうの全然気にした様子もないんだけれど。幼女組も、子供の無邪気さ故か、平気でゲジゲジみたいな虫を掴《つか》み上げたりする。

こっちの世界の住人、逞《たくま》し過ぎなんだよなぁ……。

「しょくしゅって、ウネウネ？」

「そう、ウネウネ」

指をウネウネさせるイルーナに、俺もまたウネウネさせて答える。

「シィもできるよ、ウネウネ！」

と、湯の中で半分くらいでろーんとしていたシィが、自身の身体を変化させて数本の触手を生やす。

「わぁ、ほんとだ！　ウネウネ！」

「ウネウネ～」

シィが生やした触手をイルーナがツンツンしていじり、それにシィが喜んで反応し、イルーナの周囲で自身の触手をウネウネさせる。

かつてこれ程までに、ウネウネという単語でこんな可愛い光景が繰り広げられたことがあっただろうか。いや、ない。反語。

「――って、エン、そこ、熱くないか？」

「エンちゃんはね、しゅぎょー中だから、あつあつなのが好きなんだって！」

「あつあつー！」

「……ん。滝行だから、大丈夫」

「お、おう、そうか」

滝温泉の、滝の部分で流れる湯に打たれていたエンの答えに、俺は苦笑を浮かべて相槌《あいづち》を打つ。

……滝行って言葉、いったいどこで彼女は覚えたのだろうか。

我が家の不思議ちゃんチャンピオンはシィだと思っていたが、最近はエンも大分不思議ちゃんである。

のぼせないように気を付けてね。

そうして幼女達に和んでいると、脱衣所のある旅館の方から、こちらにやって来る足音が一つ。

足音の主は――レフィ。

「あ、あぁ、お前か。あれ、レフィ、バーベキューの方の片付けしてたんじゃないのか？」

いつも片付けは全員でやっているのだが、今回に関しては炭の処理などがあって少々危険であるため、今日は幼女組を先に風呂《ふろ》へ行かせ、大人組のみで後片付けという風に分かれたのだ。

俺も片付けをするつもりだったのだが、幼女達に手を引かれて断り切れず、こうして彼女らと共に風呂に入っている。

なのでレフィは、今は船の方で片付けをしていたはずだが……。

「彼奴ら、儂《わし》が炭や生ごみを灰も残さず燃やし尽くそうとしたら、何故《なぜ》かわからんが慌てて止めて来よって、後はこちらでやるから先に風呂に入って来いと言われての。全く、儂が火加減を間違えるとでも思っておったんじゃろうか」

滝温泉に併設しておいたシャワーの方で身体《からだ》を流しながら、答えるレフィ。

……なるほど、厄介払いされた訳ですね、わかります。

彼女らの判断は的確だったと、俺は支持を表明したい。せっかくゲットした幽霊船ダンジョンを、レフィのうっかりで燃やされたら敵《かな》わん。

「それよりユキ、儂の頭を洗え」

「へいへい、そう言うと思ったよ」

自身が座っているものとは別に、もう一つ用意した風呂椅子をぺしぺしと叩《たた》くレフィに促され、俺は湯の中を立ち上がり、彼女のすぐ後ろに座る。

「あー！　おねえちゃん、またおにいちゃんに頭洗ってもらってるー！」

「フッフッフ、羨《うらや》ましいじゃろう？　此奴《こやつ》は儂にぞっこんじゃから、儂の言うことは何でも聞くんじゃ」

いや、何でもは聞かないけど。

むしろあんまり聞かないことの方が多い気がする。

「ううん、そんなにうらやましくない！　だってもう、洗ってもらったから！」

「ほう、そうじゃったか。しっかり洗ってもらえたか？」

「うん！　おにいちゃんにしっかり洗ってもらったー！」

二人がそう会話を交わす間、俺は黙々とレフィの頭を洗う。

……水が滴り、髪が張り付く彼女の艶《つや》やかな肢体に思わず目が行きそうになるが、ここには幼女達もいるということを考え、鋼の意志で彼女の頭部のみに視線を固定する。

でも正直、コイツの髪も非常に触り心地《ごこち》が良いので、気を抜くとこの感触に夢中になってしまいそうになるため、精神の強さが試される。

もう何度もコイツと風呂を共にしているが、未《いま》だ慣れそうもない。

心臓に悪いヤツめ。

「んっ……相変わらずお主が頭を洗うのは、心地が良いの。色々ぽんこつのお主じゃが、その特技だけは誇って良いぞ」

「おう、お前にだけはポンコツとは言われたくないが、一応ありがとうと言っておこう」

彼女の頭を洗っていると、未だ触手を生やしたままのシィが、何やらニコニコ顔でこちらに近付いて来る。

「おねえちゃんおねエちゃん！　ウネウネ〜」

「ほわっ⁉　な、何じゃこれは⁉　その声はシィか⁉」

そして、その触手でレフィの身体に巻き付き、ウネウネと弄《いじ》り始めた。

「や、やはりこの感触はシィじゃな⁉　うひっ、や、やめ、んぅっ、やめるんじゃ！」

それがシィの身体だと理解はすれど、自身の全身を蠢《うごめ》くその感触が気持ち悪いらしく、水色触手の動きに合わせてくねっくね身体を捩《よじ》らせるレフィ。

しかも今、コイツは俺に頭を洗われているので目も見えず、下手《へた》に暴れてシィに怪我《けが》をさせられないので身動きもロクに取れない状態である。

触手に全身を弄られる美少女。絵面が大分エロい。

「いいぞ、シィ。レフィも喜んでいるようだし、もっとやってやれ」

「えへへ、ほんト？　なら、もっとやっテあげる！」

「違うからな⁉　シィ、儂は全然喜んでおらんから、この阿呆の言うことは聞いては駄目じゃぞ！」

「またまた〜」

「またまタ〜」

「またまたじゃない！」

――それからしばらく、シィが満足するまで全身を弄られたレフィは、ぐったりした様子で俺にもたれかかり、ただ為《な》されるがままにシャワーで頭の泡を流される。

まあ、実際のところとっくに洗い終えてはいたのだが、シィが彼女を弄るサマをもっと見ていたかった――もとい、日頃《ひごろ》の感謝を込めて念入りに洗ってあげたかったので、こんなに長引いてしまった。

「全く……阿呆な遊びを覚えおって。お主もお主じゃぞ！　わざと洗うのを長引かせておったじゃろう！」

「いやいや、そんなことはないぞ？　お前への溢《あふ》れ出る感謝を少しでも表現しようと、念入りに洗っていただけさ」

「フン、相変わらず、よく回る口じゃの！」

レフィの悪態に、俺は声を出して笑った。

――しばし俺達の間に、沈黙が流れる。

聞こえて来るのは、滝の流れる音と、幼女達の賑《にぎ》やかな話し声。

束《つか》の間《ま》の、おだやかな時間。

「……ユキ」

その時、こちらにもたれかかったままのレフィが、ポツリと俺の名を呼ぶ。

「何だ」

「……いや、何でもない」

「あん？　何だよ？」

そう聞き返すと、何故か彼女は小さく微笑《ほほえ》みを浮かべ、と、次に良いことを思い付いたとばかりにニヤリと口端を吊り上《あ》げ、口を開いた。

「そうじゃ、洗ってもらってばかりでは悪いからの。次は、儂がお主の頭を洗ってやろう」

シャワーで彼女の頭を流し終えた俺は、その言葉を聞くと同時にガタリと椅子を立ち上がる。

「いっ、いや、遠慮しておこうかな。もう洗った後だし」

「いやいや、そう言うな。お主と儂の仲じゃろう、遠慮などせんで良い」

「お前と俺の仲だからこそ言ってやるがな、お前が洗うと超痛ぇんだよ！　この前なんて、頭皮がめくれるかと思ったわ！」

「安心せい、儂もいつまでも力加減が出来ぬ訳ではないのでな。今ならば、きっと、恐らく、大丈夫であるはずじゃ。多分な」

「そこまで曖昧《あいまい》な言葉を並べておいて、何でそんな自信満々⁉」

「うむ、さっきの仕返しがしたい」

「言い切りやがったコイツ！」

その後、俺の悲鳴が周囲一帯に響き渡り、しばし言い合う声が続いたが……まあ、概《おおむ》ねいつも通りだ。

今日もダンジョンは、平和だ。

◇　◇　◇

草原エリアに繋《つな》がる、洞窟《どうくつ》の前にて。

「よし、お前ら、魔物狩りに行くぞー！」

俺の言葉に、我がペット達がそれぞれ返事をする。

「さっそく向かう――前に、お前ら、全員種族進化したみたいだからな。持って来たもんがあるんだ」

我がペット達だが、ついこの前『ジャイアント・ブラッド・サーペント』から『クリムゾン・イービル・サーペントキング』に種族進化したオロチ以外の三匹も、すでに進化を果たしている。

ヤタが『ノワル・クロウ』から『ナハトキング・クロウ』に。

ビャクが『化け猫』から『大化け猫』に。

セイミが『水妖』から『ウンディーネ』に。

変化としては、まずヤタが一回り大きくなり、鉤爪《かぎづめ》が以前のものより鋭く逞しくなっている。

ビャクは尾の本数が増え、一目見て毛並みの色艶《いろつや》が非常によくなっていることがわかる。

セイミは、外見にはあまり変化はなかったのだが、どうも『ウンディーネ』という種族に進化した影響か女性型にも変化出来るようになったらしく、時折身体の形状を変えてその姿になっている。

まあ女性型と言っても、イメージとしてはマネキンに近い形なので、シィのようにヒト種にしか見えないというよりはただ魔物がヒト種の姿を模している、という表現の方が近い感じだ。

その身体に宿す魔力量は他三匹と比べて頭一つも二つも抜け出ており、支援特化に育っている。

コイツらは、結構前から南エリアの魔物を一対多でも余裕で圧倒し、東エリアの魔物に一対一で勝てるようになり、そして西エリアの魔物も浅いところに生息するヤツなら四匹で連携すれば勝てるようになっている。

ウチの守りの戦力として、どこに出しても恥ずかしくない強さになったと言えるだろう。

……というか、割とマジで、ここが魔境の森というアホみたいに過酷な環境じゃなかったら、どこかのシマでボスでもやってそうな風格をしていやがる。

ウチに馴染《なじ》みつつも、『外』のことをよくわかっているネルにも聞いたところ、コイツら四匹を討伐しようと思ったら、国が本腰を入れて動く必要があるレベルであり、ウチで完全に下っ端のペットとして扱われているのが信じられない強さはあるという。

嬉《うれ》しいね、俺の目標の一つであった、踏み込んだ瞬間中ボスが束になって襲い来るダンジョンというのは、これで半ば達成であると言えるだろう。

ま、コイツらには、まだまだ成長してもらうつもりだけどな!

ここで満足されちゃあ困るが、ただ我がペット達が努力してここまで成長したことも確かなので、今日はその祝いのために、作ってきたものがあるのだ。

「ほら、お前らこっち来い」

そう言って俺は、ソレ――ペット達用に用意したアクセサリーを、セイミ以外の三匹には首に巻

き、セイミには水玉の一部に付ける。

これは、ＤＰ《ダンジョンポイント》で交換した『伸縮自在の首輪』に、多少俺が手を加えたものだ。

コイツら、何か欲しいものあるか、と聞いたら、リルとお揃《そろ》いの首輪が欲しいと全員が言い出したので、これを用意した。

確かに、リル以外には首輪を付けていなかったが……君ら、本当にそれでいいのか？

もうちょっと他に要求してくれてもいいんだが……なんて思っていたのだが、見る限りかなり喜んでくれているらしく、互いに嬉しそうに見せ合っているので、これで良かったということにしておこう。

ちなみにオロチとセイミの首輪は、オロチはツルツルの身体なので普通のアクセサリーだとずり落ちるし、セイミはそもそも水なので付けようとするとズボッと手が貫通するため、特別製にしてある。

オロチのは装着者の魔力に反応して身体に吸い付く仕様で、セイミのはもはや、開き直ってヤツの身体の中に埋め込む形にして、意匠は同じだが首に回す鎖のような部分は外し、真ん中の飾りだけのものを渡した。

実際のところ、この二匹の首輪をどうするか思い付かなくて、今まで後回しにしていた感は少しある。

「うむ、喜んでくれているようなら何よりだ。これからも、ウチの守りの要《かなめ》として頑張ってくれよ！」

俺の言葉に、我がペット達は揃って頭を下げた。

「そんじゃあ、行こうかお前ら、張り切って狩るぞ――って……あの、リューさん？　あなた、何でそこにいるんです？」

「え、えへへ……」

ひょこっと洞窟の方から顔を覗《のぞ》かせているのは、リュー。

いつの間にそこに。

「たまには、ご主人に付いて行きたくて。いいっすか……？」

「それはいいけどよ。魔物狩りに行くだけだから、危ないしあんまり面白くないと思うぞ？」

「その……レフィ様やネルと比べて、弱いウチはあんまり家の外に付いていけないっすから。こういう時に、ご主人と一緒にいたいなって思って」

照れくさそうな様子で、にはは、と笑うリュー。

家の外というのは、魔境の森というより、俺が遠出した時のことを言っているのだろう。

……コイツはホントに、不意打ちで可愛《かわい》いことを言って来るな。

「って、ど、どうしたんすか、ご主人？　急にそんなヘンなポーズして」

「気にするな、何でもない」

お前が不意打ちしてくるから、悶《もだ》えてジョ○ョみたいなポーズになってしまっているだけだ。

「わかった、それじゃあ一緒に行くか。けど、危ないのは確かだから、俺の傍《そば》から離れるなよ？」

「はいっす！　お供させてくださいっす！」

そして俺達は、魔境の森へと向かって出発した。

「あれ、ご主人、その武器は？　今日はエンちゃん使わないんすか？」

一緒に行けるのが嬉しいらしく、ニコニコ顔で共にリルに乗っているリューが、俺が肩から下げている武器を見て、不思議そうな顔を浮かべる。

「……ん。主《あるじ》、今日はエンの出番、最後だって」

そう答えるのは、リューのさらに前でリルに乗り、ちょっとだけ不服そうな表情をするエン。

「あ、あぁ。ちょっと使ってみたい試作品があってな。エンも、しっかり使ってやるから、そんな顔するなって」

今回、俺が携えている武器は――大砲。

その名も、『魔法大砲』。銘は、『華砲《かほう》』。

携行可能な大砲、というコンセプトを基に作ったコイツは、通常の大砲の筒を一回り小さくしたものに、トリガーと持ち手をくっ付けたような形状をしている。

腰に抱えて魔力弾を放つ仕様で、肩に回すためのストラップも付けてある。

ぶっちゃけると、以前俺がよく使っていた魔法短銃を、ただ俺用にデカくしただけの武器だ。

魔法短銃との相違点としては、やはりまず相当に大型化しているので、威力も相応であり、込めた魔力量如何《いかん》によっては地形を変える一撃を放つことが可能になる。

コイツが許容可能な最大魔力を込めれば、俺が最近覚えた精霊魔法で生み出す『レヴィアタン』、あれのブレスと同程度の攻撃は、放つことが出来るようになっているのだ。

と言っても、コイツは継戦を念頭に置いて作った武器なので、レフィの影響で基本的にバ火力指向、一撃必殺、大艦巨砲主義の俺には珍しいことに、威力を制限する機構を組み込んであるため、普段はその威力の攻撃は放つことが出来ないようにしたのだが。

デメリットとしては、大砲なので、連射が出来ない。

いや、一応内部に流し込んだ魔力を分割出来るようにしたため、二発までは連射出来るが、それだけだ。

かなり魔力制御が上達した今の俺でも、再度充填《じゅうてん》するのには三十秒程掛かるので、弾を撃つタイミングは少し考えなければならない。

また、燃費も悪い。

威力を制御する機構を作りはしたが、それでも十発も撃てば俺のＭＰが全《すべ》て消え去るくらいだ。

しかもこの十発の内訳は、二発は予《あらかじ》め大砲に魔力を込めておくことを想定している数字なので、魔力を込めておかずに一から使用する場合は八発が限度だ。

普段あまり使わないマナポーションが、必須《ひっす》になる武器と言えるだろう。

現在は、さらに継戦能力を高めんがため、外部魔力タンクでも取り付けられないか考えているところである。

何度か試して、具合を確認してから、改良型の製作に取り掛かるとしよう。

今日は俺が正面張って戦うのではなく、あくまでペット達に戦闘をさせ、俺自身は援護に回るつもりなので、エンではなくコイツを持って来た——のだが、若干エンが悲しそうにしていたので、彼女も連れて来てしまった。

だって、ねぇ……何も言いはしないし、全く気にしていない風を装ってはいるけれども、しかしその実「自分を使ってくれないのかぁ」という思いが丸わかりの顔をするエンを見てしまったら、もう連れて行くしかないですよ。

そのため、急遽《きゆうきよ》彼女の本体も持って来て、現在リルの横っ腹に括《くく》り付けてある。

リルよ。三人乗っている上にエンの本体もあってちょっと重いだろうが……我が子に拗《す》ねられたくない俺のために、頑張ってくれ。

そうして魔境の森の奥地に向かって進むこと一時間程、西エリアへと入り込んだ頃《ころ》。

「お、いたぞ」

俺達の少し先にいるのは、頭部に角を持ち、ハリネズミのようにトゲトゲの身体をした、カメレオンのような魔物。

寝転がっていたところからのそりと首を起こし、蛇のように舌をチロチロとさせながら「シー」と息を吐き出して、こちらに「これ以上近寄るな」と威嚇している。

ちなみにコイツも、サイズはリル相当である。

強さも、やはり西エリアの住人として相応《ふさわ》しいだけのステータスを有しているが、俺とリルならば、まだ単独でも撃破出来るぐらいの相手。

今のペット達だけならば、果たしてどれくらい戦えるのか。

「あの魔物、お前らだけで戦ってみろ。リル、お前は今回待機だ。リューを守っとけ」

「クゥ」

俺の言葉に、コクリと首を縦に振るリル。

「リル様、お手数をお掛けするっす！」

「……エンは？」

「エンもまだ待機だ、リューの近くで警戒していてくれ」

「……ん、わかった」

「そんじゃあ――行け！」

そして、我がペット達は戦闘を開始した。

まず突っ込んだのは、オロチ。

その巨体を生かし、弾丸の如《ごと》き勢いでカメレオンに向かって突進をかます。

ただ、少し距離があったため、カメレオンはオロチの攻撃を見極め、横に走って逃げ――られない。

恐らく、幻術使いのビャクに幻術を掛けられたのだろう。

方向感覚が狂わされていたらしく、一瞬おかしな方向に回避しようとして、オロチの突進をモロに正面から食らう。

「おぉ、やるなぁ」

「うひゃー、あんな突進食らったら、ウチだったらバラバラっすねぇ」

「……エンなら、そのまま真っ二つにする」

「ハハ、そうだな、エンの斬れ味ならそれも出来るな」

実際に自分が攻撃されたらどうするか、ということを考えているらしいエンの言葉に、俺は笑って彼女の頭をワシャワシャと撫《な》でてから、再び戦闘の方へと目をやる。

カメレオンも、流石《さすが》西エリアの魔物といったところか、自分が魔法を掛けられているということには気付いたらしく、突進の直前で攻撃を受け流すように動いてダメージを少なくしたようだが……主導権は、完全にウチのペット達が握っている。

即座に反撃として、カメレオンが全身を膨らませ、身体《からだ》の針を全方位に向かって射出するが、先んじてヤツの周囲に水のバリアを張っていたセイミの防御により、その攻撃は失敗。

すると、ヤツは押されている現状が良くないと判断したのか、何らかの魔法を使ったらしく突如その身体が空間に溶け込み始め、消え去ろうとするも——その魔法も、また失敗に終わる。

上空でタイミングを見計らっていたヤタが一気に急降下し、その嘴《くちばし》でカメレオンの前脚を抉《えぐ》り取ったのだ。

意識外からの攻撃で動揺したらしく、消え去ろうとしていた身体が元に戻って空間に露《あら》わになる。

血飛沫《ちしぶき》を散らしながらも、自身の傍から離脱しようとするヤタに向かって、お返しとばかりに頭部の太い角を突き出し——そこに再び、オロチが突っ込んだ。

「シャアアアッ‼」

カメレオンの意識がヤタに向いたのを見て、すかさず攻撃に移ったオロチが、その鋭い牙《きば》でヤツの首筋に食らい付く。

一瞬見えた限りだと、牙が毒々しい色をしていたので、恐らくオロチが持つ固有《ユニーク》スキル『毒牙《どくが》』を発動していたのだろう。

しばしバタバタと暴れていたカメレオンだったが、急所に毒を注入され、徐々に動きが鈍くなっていき……やがて、動かなくなった。

我がペット達の勝利である。

「おーし、お疲れ！」

ちょっと誇らしげな様子で、こちらに戻って来る可愛い我がペット達を、順にポンポンと撫でる。

うむ、余裕の戦闘だったな。

オロチがタンク兼純アタッカーでタゲ取りを行い、ヤタが戦闘を掻《か》き回《まわ》し、意識外からの一撃を確実に敵に加える。

ビャクが幻術で敵を欺き、セイミは今回防御魔法しか使っていなかったが、ヤツの得意とするものはバフデバフに回復魔法なので、いつもはそれらも駆使して戦闘を有利に進めるのだろう。

元々、そういう構成になるように俺がこの四匹を呼び出した訳だが、しっかり形になっている。

普通に強い。

ステータス的にはまだ相手の方が上だったが、四匹で連携すればこんな有利に戦闘を運ぶことが出来るのか。

しかも、今回は戦闘に参加していなかったが、普段ならばさらにここに、完全遊撃要員、我が家の頼れる狼《おおかみ》さんことモフリル君が加わる訳だ。

フフフ、いいじゃないか、我がペット達よ。

ならば次は、リルも混ぜた戦闘を見せてもらうとしよう。

「この調子でどんどん――っと、また来たな」

戦闘音を聞きつけたのか、索敵スキルに反応。

距離は二百メートルも離れていない。恐らくすぐにこちらへと辿《たど》り着《つ》くだろう。

全く、相変わらず魔境の森は魔物が大量だな。

俺のＤＰ収入が上がるからいいんだけどよ。

「お前ら、次が来るぞ。備えろ」

と、すぐにカサカサカサ、と音が聞こえ始め、俺はその方向へと顔を向け――その瞬間、ゾワリと総毛立つ。

まるで心臓を鷲掴《わしづか》みにされたかのような圧迫感を覚えると同時、ビクリと身体が震える。

――黒光りするボディ。

長い触角に、トゲのある足。

魔境の森の魔物らしく、俺が知っているヤツより相当にデカいが……間違いない。

次に現れたソイツは、名前を呼んではいけない、黒い悪魔。

火星に送ったら、二足歩行になって「じょうじ」とか言い出しそうな、台所でよく見る人類の敵
――『Ｇ』であった。

「きゃあああああああ⁉」

魔境の森に鳴り響く、甲高い悲鳴。

――ちなみに、俺の悲鳴である。

「ご、ご主人？　ど、どうしたんすか？　あの魔物、そんなにヤバい魔物なんすか？」

「あ、あぁ、ヤバい！　もう、こう、とにかくヤバい‼　お、お前ら、アイツをさっさとぶっ殺せ‼　リル、お前も行け‼」

突然態度が豹変《ひょうへん》した俺の指示に、我がペット達は若干面食らった様子を見せるが、すぐに指示通り動き出し、迎撃に移る。

ただ、どうやらコードネーム『G』は、強さ自体は大したことがないようだ。

俺の様子を見て、事態が深刻であると勘違いしたリルの本気の一撃を食らい、Gはなす術《すべ》もなく頭部を潰《つぶ》され、ぶちゅっと気持ち悪い色をした体液を飛び散らせ……。

「ヒィイ⁉」

「ご、ご主人⁉　大丈夫っすか⁉」

「……主、落ち着いて」

両手に感じるリューとエンの手の温《ぬく》もりに、ハッと我に帰る。

あ、危ねぇ……あまりに気持ちの悪い光景にSAN値がごっそりやられ、危うく理性が崩壊するところだった。

「――って、ばっ、やめっ、リル‼　こっちに来るな‼　そんなモン咥《くわ》えてないで、ぺってしなさい‼　ぺっ‼」

　恐らく、珍しく魔物相手に狼狽《うろた》えている俺を安心させようとしたのだろう、Gの死骸《しがい》を口に咥えこちらに来ようとしていたリルは、俺の言葉に「えぇ……」と何とも言えないような顔をして、ぺッと吐き出す。

　俺は、もうひと時もヤツの死骸を見ていたくなかったので、即座にDPへと変換し、この場からGを抹消した。

「フゥ……危なかった。俺の精神が壊れるところだった」

「そうっすね、かつて聞いたことのないような甲高い悲鳴をあげてたっすもんね」

　う、うるさい。

　仕方ないだろ、ヤツらは人類にとって、絶対に相容《あいい》れない存在なんだから。

　それに昔、廊下になんか黒いものが落ちていると思ってよく見ようとしたら、それがブーンとこっちに向かって飛んで来て……ウッ、頭が。

　ダメだ、これ以上思い出してはいけないと、脳が拒絶反応を示している。

「……主、弱点が多いから、時々あんな感じになる」

「へぇ、そうなんすか。エンちゃんはご主人のこと、よく知ってるっすねぇ」

　感心した様子で、エンの頭を撫でるリュー。

　エンもイルーナもシィも、背丈がすごく丁度良いので、大人組は皆、彼女らの頭をすぐ撫でたくなるのである。

――というか、そんなことは今はどうでもいいのだ。

「聞け、我がペット達よ。これからヤツらを見つけたら、即刻駆除しろ。絶滅させる勢いで――というか、絶滅させろ。じゃないと、下手《へた》をすればこの森がヤツらに滅ぼされるぞ」

「さ、さっきの魔物、そんなに危険な魔物なんすか？」

「あぁ、危険だ。間違いなくな」

恐れ戦《おのの》いた様子のリューに、俺はコクリと頷《うなず》く。

ヤツらの繁殖能力を舐《な》めてはいけない。色んな場所で幾度となく言われていることだが、ヤツらは一匹見つければ三十匹は近くにいるのだ。

しかも、あのサイズである。放っておいたら、この星なんて簡単にヤツらのための星へとテラフォーミングされてしまうだろう。

何より――魔境の森でヤツらが蠢《うごめ》いているのだと考えただけで、鳥肌が立つ‼

「現刻を以《もっ》て、『G殲滅《せんめつ》作戦』を発令する。いいか、これは世界を救うための戦いだ。ヤツらには慈悲を与えるな。殺せ、滅ぼせ、その姿をこの森から抹消しろ。そして、これが一番重要なことだが――俺の見ていないところで狩れ‼」

鬼気迫る表情の俺の言葉に、気圧《けお》された様子で我がペット達はコクコクと頷いた。

こうして、世界の命運を懸けた『G殲滅作戦』は我がペット達により人知れず決行され、人類滅亡の危機は誰《だれ》にも知られることなく、回避されたのだった……いや、俺も見てないから知らんけど。

◇　◇　◇

「――もはやお主の横暴には我慢ならん‼　ユキ、勝負じゃああああ‼」

「フーハハハ、いいだろう、受けて立つ‼　魔王は挑まれた勝負には全《すべ》て応じ、そして返り討ちにするのよッ‼」

　ユキとレフィが、いつもの感じでギャーギャーと騒ぎ始めたのを見て、洗濯物を畳んでいたネルが苦笑を浮かべる。

「二人とも、いつもいつも、ホントに飽きないねぇ……」

「あの二人、ネルがいない時も大体毎日あんな感じでやってたっすよ」

　彼女にそう答えるのは、隣で同じように洗濯物を畳んでいるリュー。

「うーん、簡単に想像が付くね。勝率はどんな感じなの？　相変わらずおにーさんが圧勝？」

「いや、最近、ボードゲーム類はちょっとレフィ様が勝つようになって来て、大体七対三くらいっすね。ご主人が七っす」

　リューの言葉に、少し意外そうな顔を浮かべるネル。

「へぇ！　そうなんだ。それなら、今僕がやったら、負けちゃうかな？」

「いやぁ、流石にそれはないんじゃないっすか？　ウチ、ボードゲーム弱いし、ネルにも全然勝てないっすけど、それでもレフィ様にはそこそこ勝てますし」

「うるさいぞ、リュー！　そう言うのであれば、お主ら二人は此奴《こやつ》をこてんぱんに叩《たた》きのめした後に、相手をしてやろうではないか！」

「ほう、吠《ほ》えるではないか、威勢だけは良いレフィよ！　そういうことは、俺に勝ってから言うことだ！」

「フン、言われなくともそうしてやるわ！　今の儂《わし》を舐めたら、痛い目に遭うぞ、ユキ！」

そう言い合ってから、再び自分達の世界に没入し始めた二人に、ネルとリューは顔を見合わせると、処置なしと互いに肩を竦《すく》め、笑い合う。

「あの二人は、もう放っとこうか。イルーナちゃん達が外から帰ってくるか、ごはんの時間になったら切り上げるだろうし──って、レイラ、相変わらずビックリするくらい仕事が早いね……」

ネルがふと隣を見ると、レイラの前にずらりと並ぶ、すでに彼女らの二倍程度は畳まれたであろう洗濯物群。

綺麗《きれい》にピッチリと整えられており、もはや何かのスキルでも発動しているのではないかと思わんばかりの速さと正確さである。

「うふふ、メイドですから、これくらいはー」

「ネル、レイラがさらりとメイドの基準を上げて、ウチを虐《いじ》めてくるっす」

「いえいえ、虐めてなどいませんよー？　ただ、リューがもう少しでいいから、丁寧にお仕事が出来たらいいのになぁ、と思っているだけでー」

「ネル、同僚が笑顔で圧力を掛けて来て怖いっす。助けてほしいっす」

「あ、あはは……」

ネルは何も言えず、ただ曖昧《あいまい》に笑って誤魔化《ごまか》す。

「ま、まあ、僕だってレイラ程綺麗には畳めないし、リューだって以前よりはとっても上手になったじゃない。それにほら、人には得意不得意っていうのがあるから、得意なものを頑張ればいいんじゃないかな。リューも、何か一つくらいは得意な家事があったりするでしょ？」

「え、得意な家事っすか？　うーん……あ、洗濯物を洗濯機に突っ込むのは得意っす！」

「………」

「………」

「な、何すか、二人揃《そろ》ってその顔は⁉」

家事、の一環ではあるのだろうが、非常に微妙なところをあげるリューに、「え、それを得意な家事と言っちゃうの？」という顔を、ネルとレイラが揃って浮かべる。

「……りゅ、リュー、ほ、他にもうちょっとないの？　ほら、こう、お皿洗いとかお掃除とか、そういうの」

「お皿洗いなら、得意になってきたっすよ！　レフィ様と違って、最近は一枚も割ってないっすからね！」

「いや、あなた、確かにお皿は割ってないけれど、見ていてヒヤッとする手つきなのは相変わらずでしょうー……」

胸を張るリューに、ちょっと困った様子でボソリと呟《つぶや》くレイラ。

何だか普段のレイラの苦労が垣間見《かいまみ》えるようで、思わずネルは、ポンとレイラの肩に手を置いた。

「……レイラ、僕がいる間はしっかり家事を手伝うからね。何でも言って」

「……えぇ、ありがとうございますー」

「ね、ネルがウチのフォローを諦《あきら》めた⁉　うぅ、ご主人ぃん！」

「おわっ、な、何だ、リューか。ビックリした」

同僚と友人が結託したのを見て、レフィと将棋をやっていたユキに後ろからもたれかかり、泣きつくリュー。

「酷《ひど》いんす。同僚と友人が揃ってウチのこと虐めるんす」

「おぉ、そうかそうか、それは可哀想《かわいそう》に。おーよしよし、たんとお泣きぃ」

そう言ってユキは、慰めるようにリューを両手で撫《な》で始める。

「わひゃっ、ご主人、くすぐったいよぉ、うひ、うひひ、ごしゅ、ご主人――いつまで撫でてるんすか！」

わしゃわしゃと頭を撫で、犬耳を弄《いじ》り、顎《あご》の下をくすぐるように撫でるユキに、流石に恥ずかしくなって来たリューが、パシンと彼の手を払う。

「おっと、悪い。落ち込んでいる嫁さんを慰めてやろうと思ったら、思わず手触りに夢中になってしまった。しかし、うむ、触り心地の良さが以前より増しているではないか。これならばリルのモフモフと同レベルであると認めるのも吝《やぶさ》かではないな。しかし、ここで満足してはいけないぞ。これからも精進するように」

「この人何様のつもりなんすかね⁉」

若干、ユキに褒められたことに内心で嬉《うれ》しく思いながらも、彼は決して味方ではないと判断したリューは、最後にボードを挟んでユキの対面に座るレフィに泣きつき――。

「う、うぅぅ……レフィ様ぁ！」

「リュー、対局の邪魔じゃ。後にせい」

「ウチに味方は誰もいなかった⁉」

レフィに一蹴《いっしゅう》され、愕然《がくぜん》とした様子でそう言うリューに、その場にいた全員が声をあげて笑った。

◇　◇　◇

ふと、夜中に目が覚めた。

布団の中で数度瞬《まばた》きをし、ゆっくりと上体を起こす。

「…………」

妙に、頭が冴《さ》えている。

喉《のど》が渇いて夜起きた時などであれば、一杯水を飲んでそのまますぐに眠りに戻れるのだが、今日のこの頭の冴え具合からすると二度寝は無理そうだ。

特に、何かあったという訳でもないのだが……今日は一日ずっと、外に出ずゴロゴロしていたので、長時間の睡眠を欲する程身体《からだ》が疲れていなかったのかもしれない。

うーん……どうしよう。

みんな完全に寝入っているし、朝まで待つにしても、まだ夜遅いし……たまには、夜の散歩でもするか？

そう考えた俺は、ウチの住人達を起こさないよう静かに布団から抜け出し、真・玉座の間から出て行った。

「この城も、随分デカくなったなぁ……」

城の最上階に設置されたベランダから、外を見渡す。

惰性で増築に増築を重ね続けた我が魔王城は、もうなんか、すんごいことになっている。

ほぼ倉庫目的で使われている各人の部屋と、真・玉座の間に繋《つな》がる扉がある最上階以外は、俺自身「これ、こんなに入り組ませなくてもよかったか……？」と思ってしまうくらい無駄に複雑な構造をしており、ワープする例の扉を操作出来るウチの住人でなければ、延々と内部を彷徨《さまよ》い続けてもおかしくない。

一応この城、ダンジョンの最終防衛ラインだしな……侵入者がネル以来一人もいないので、もうその設定も忘れてしまいそうだが。

敵が来ないのは良いことではあるが、もうちょっとこの城を、本来の運用用途である防衛機構として使ってみたいと思っていたとしても、誰《だれ》も俺を責められないはずだ。

だってねぇ……随分前から、もうウチの子達の遊び場としてしか機能してないし。

前は敵絶対殺すモードみたいなのを作ろうかと思ってたけど、危ないから罠《わな》も一つも設置してないし。

ウチの子達が喜んでくれるんなら、いいんだけどね。うん。うん……。

一人自分を慰めていると、ふと背後からこちらに近付く足音が聞こえてくる。

現れたのは――レフィ。

「あれ、レフィ？　どうしたんだ？」

コイツも眠れなくて起きちまったのか？

俺の質問に、彼女はふあ、と一つ欠伸《あくび》をしながら、答える。

「お主が出て行ったのを感じたのでな。何かあったのかと思うたが……ただの散歩じゃったか」

あぁ……なるほど。

多分、侵入者でも現れたと思ったのだろう。

「悪い、起こしちまったか。ちょっと目が覚めちゃってさ。二度寝も出来そうになかったから、たまには散歩でもしようかと」

と、レフィは腕を組み、やれやれと言いたげに首を左右に振る。

「全く、普段不摂生な生活をしておるから、そういうことになる。反省するのじゃな」

「お前がそれを言うのか」

「儂は覇龍じゃから別枠じゃ」

そうっすか。

平然とそんなことを宣《のたま》う我が嫁さんに苦笑を浮かべていると、彼女は俺の隣に並び、手摺《てすり》にもたれかかって外を眺める。

「それにしてもお主の城、改めて見ると随分な大きさになっておるのー」

「カッコいいだろ？」

当初の予定がアノー○ロンドだったので、収拾、付かなくなってるだけなんだけどね！

正直やり過ぎたと思っている。反省も後悔も若干している。

「うむ、『ルァン・フィオーネル城』という名に相応《ふさわ》しい様相になっておるな」

「え？」

「城の名前じゃ、城の。以前にお主に相談され、儂が名付けたろう」

……そ、そう言えば、そういう名前だったわ、この魔王城。レフィが命名したんだった。

我が家とか魔王城とかでしか呼んでいなかったから、すっかり忘れていた。

「……お主、すっかり忘れておったな？」

「いっ、いや、そんなことはないぞ。愛《いと》しい愛しいお前が名付けてくれたそのカッコいい名前、この俺が忘れる訳がないだろう？」

「お主が『愛しい』やら『可愛《かわい》い』やら『大事な』やらの形容詞を二度続ける時は、大体こちらを欺こうとしておる時じゃ」

完全に把握されている。

「……最近お前ら、やたらと俺の性格を把握していやがるな」

ついこの前の海鮮バーベキューの時も、リューを誤魔化《ごまか》そうとしてすぐ見抜かれちまったし。

リューも、この覇龍様も、以前はあんなにチョロかったのに……。

「フッ、伊達《だて》にお主の嫁をしておる訳ではないからの。お主のことに関してわかったことがあれば、『嫁会議』ですぐに共有されるんじゃ」

出た、嫁会議。

行われている間は、真・玉座の間から俺が追い出されるヤツ。

「……ちなみに、一番最近の嫁会議じゃあ、何が話されたのか聞いても？」

「お主の性癖に関してが主な議題じゃの。ユキが太もも好きなのは皆の知るところであるが、それ以外にも、よくうなじに視線が吸い込まれることと、時折腰のくびれ辺りをチラリと見ることが――」

「あの、レフィさん、やっぱり教えてくれなくていいです。聞いた俺が悪かったんで、その辺りで勘弁してください。マジで」

「何じゃ、お主が聞いたんじゃろうに」

思った以上に、というか俺自身気付いていないところまでを的確に見抜かれていて、しかもそれが嫁さん達に共有されているとわかったら、誰でもこうなります。

興味本位で聞かなきゃよかったぜ……。

「カカ、そのような顔をするな。お主は喜ぶべきなんじゃぞ？　こうして儂《わし》らが、旦那《だんな》をよく知ろうと日々研究しているんじゃからな」

「レフィさん、そりゃ嬉しいですけど、出来れば俺の個人的趣味嗜好《しこう》は胸に秘めていていただけると、もっと嬉しいかなぁって」

「無理じゃな。儂らはお主のことに関しては、協力し合うと決めておるからの！　……じゃが、ユキよ。儂の頼みを一つ聞くと言うのであれば、少し考えてやっても良いぞ？」

ニヤリと見慣れた笑みを浮かべるレフィ。

菓子か、と思った俺だったが——彼女の口から出たのは、違う言葉だった。

「この前までネルと二人で海におり、つい最近もリューと森に行っておったじゃろう？　ならば次は、儂とでーとをしろ」

予想外のことを言われ、俺は一瞬目を丸くしてから、すぐに口元に笑みを浮かべる。

「了解、仰せのままに。——てっきり、菓子って言うかと思ったぜ」

「菓子もいいんじゃが、たまには夫婦っぽくおらんとな。じゃろう？」

彼女は勝気な笑みを浮かべると、コツンと俺の肩に頭を預け、こちらを見上げる。

俺は、彼女の腰に片腕を回して抱き寄せ、おどけるように答える。

「あぁ、そうだな。夫婦は夫婦らしくしないとな。何なら、夫婦らしく今度からは、毎日同じ布団で寝てくれてもいいんだぞ？　日ごとに交代制とかにして」

「いや、あの布団では狭いじゃろうが……この前三人で寝た時など、相当窮屈じゃったろうに」

「その窮屈さがいいんだろ」

肩を竦《すく》める俺に、レフィはやれやれと言いたげにため息を一つ吐《つ》く。

それから俺達は、しばし二人だけの空間で、笑い合った。

◇　◇　◇

魔境の森には、『空島』が存在する。

どういう原理かは知らんが、島と呼ぶに相応しい規模の、山のようなものがプカプカと上空を浮かんでおり、一定の軌道を周回しているのだ。

高度は雲の上。

周回範囲はかなり広いようで、魔境の森で見えなくなったと思ったら、数週間後にいつの間にか再び見えるようになっていた、ということがよくある。

そしてこの空島、実は以前に一度、一人で探検しに行ったことがあったのだが……それはもう、酷い目に遭った。

とにかく、魔物が強かったのだ。

位置的には魔境の森の北エリアと東エリアの、一番奥の辺りを周回している感じなのだが、魔物の強さとしては、魔境の森で最も魔物の強い西エリアのヤツらと同レベルの強さはあっただろうと思われる。

あの空島は、単体で独自の生態系が形成されているのだろう。

そんな酷な環境なので、前回は上陸すらロクに出来ず、ひたすら魔物どもに追いかけ回され、

「ぬおおおおお⁉」と命からがら逃げだした、という場所なのだが……あの空島は探検出来たらロマンたっぷりで面白いだろうし、確実に景色《けしき》も良いだろう。

そして現在、一定軌道で周回する中で、一番ウチから近いところを飛んでいることも事前の調べでわかっている。

ならばこれは――リベンジするしかないだろう。

「という訳でレフィ、空島に行こう」

青空の中、俺は隣を飛ぶレフィにそう言った。

「ふむ、なるほど、あの浮島に向かっておったのか。確かにあそこならば景色も良いじゃろう。なかなかに良いちょいすではないか」

「だろう？　最初は、扉も繋げてあるし人間の街にでも行こうかと思ったけど……レフィ、買い物とか別に、興味ないだろ？」

「食材の買い物なら興味はあるぞ」

「いやお前、滅多に料理しないだろうが」

そういうのは、普段から料理するヤツが言うセリフだろうに。

「勿論《もちろん》、儂の覇龍としての超五感で良い食材を見分け、レイラに渡すのじゃ」

その五感、もうちょっと別の場面で発揮したらいいのに、と思うのは俺だけだろうか。

いや、実際助かってるんですけどね。

食材悪くなってる時とか、逆に食べ頃になってる時とか、最初に気付くのレフィかレイラかだし。

「……そういう反応をするだろうとは半ば予想してたからな。それだったら、お前と空島探検した方が面白いかと思ってさ。やべー魔物がいるのがちょっとアレだけど、お前がいれば向こうが勝手に逃げてくだろうし」

「そうじゃな、確かに人間の街よりはそちらの方が面白そうじゃ。魔物も、仮に襲って来たとしても、儂がしかと守ってやろう」

「キャーッ、レフィ様、おっとこまえーっ！」

「やっぱりお主が自分で何とかせい」

「はい、冗談ですごめんなさい！」

コンマ一秒も置かず勢いよく謝ると、些《いささ》か呆《あき》れた顔を浮かべるレフィ。

「お主は本当に、調子の良い男じゃのう……」

「いやぁ、お前とこうして、二人で出掛けるのが嬉《うれ》しくてさ！　レイラ達にも、美味《うま》そうな弁当作ってもらっちゃったしな！」

「わかったわかった、じゃから、わざわざ見せんでよいわ。その弁当を貰《もら》う時に儂もおったじゃろうが」

アイテムボックスからランチボックスを取り出し、高く掲げる俺に、我が嫁さんは苦笑を浮かべ、さっさとしまえと言いたげに手をひらひらさせる。

「全く、童女どもでもあるまいに……ほれ、さっさと行くぞ。空島までは、少し距離があるじゃろう。あまりのんびりしておると、着いた頃《ころ》には昼になってしまうぞ」

「む、それもそうだな！　よしレフィ、速度上げるぞ！」

「あっ、ちょっ……はぁ、全く。どこへでも付いて行ってやるから、そう焦るな」

まるで幼女達と接する時のような柔らかな口調でそう言い、レフィは俺を後ろから追いかけた。


――魔境の森の空を飛ぶこと、三十分程。

山脈の向こう側、雲の切れ間に覗《のぞ》く、巨大な影。

「お、見えた！」

「あれじゃな」

俺とレフィは一気に上昇し、雲を突き抜け、その上へと躍り出る。

そして、俺達の眼前に現れるのは――大地から切り離され、孤高に存在し、しかし悠然と大空を漂う島の姿。

一目見ただけで、こちらの心を鷲掴《わしづか》みにするような絶景に、胸が熱くなる。

俺は、グッと拳《こぶし》を握り、叫んだ。

「すごいぞ！　ラ○ユタは本当にあったんだ！」

「何じゃて？」

「何でもない」

言わなきゃいけない気がしたので。

「らぴゅ……あぁ、お主が以前に話しておった物語か」

「お、何だ、覚えてたのか」

「なかなか面白い話じゃったからの」

ジ○リは一通りウチの住人達に布教してあるのでね。レフィもしっかり覚えていたようだ。

よく「何かお話しして！」と幼女組にせがまれるので、最初は俺の知っているおとぎ話なんかを聞かせていたのだが、だんだんレパートリーが尽きて来てな……。

それである時、おとぎ話と称して○ブリを語り始めたら、思った以上に幼女組が大喜びだったので、それ以来よく話すようになったのだ。

しかもジブ○だと一つ一つの話が長いから、「今日はここまで」とかにして先延ばしが可能である訳だ。

やっぱすげぇよ、ジ○リは。異世界人の心も鷲掴みにしちゃうんだからなぁ。

あ、ちなみに、今はディ○ニーとか何かのアニメとかもレパートリーに加えてあります。

「それにしても、前はこの時点で魔物に襲われたんだが……やっぱレフィがいると襲われねぇなぁ」

「フフフ、儂の偉大さを思い知ったか？」

「あぁ。虫よけスプレーみたいだなって」

「虫よけすぷれー⁉」

俺の言葉に、愕然《がくぜん》とした表情を浮かべるレフィ。可愛い。

「俺、お前のその表情超好きだわ」

「この流れでそう言われても全く嬉しくないんじゃが⁉」

「ハハハ。それじゃ、さっそく上陸しようか」

「おいっ、笑って誤魔化《ごまか》すでないわ‼」

◇　◇　◇

――相変わらず、子供のような男だ。

「レフィレフィ！　見ろ、すげぇぞ！　無限に滝が出続けてやがる！　島の半分くらい雲の上だから、雨も降ってねぇだろうに、どうなってんだこの滝！」

空島から、眼下の大地に向かって無限に流れ落ちる滝を見て、「うおお！」と歓声をあげるユキ。

「恐らく、島の内部に魔素を水に変換する、何かしらの物質があるのじゃろう。鉱石か、それとも土か。魔素が豊富な領域には、そういうものがよくある」

「へぇぇ、そうなのか！　――って、おぉ、レフィ！　こっちには光りながら浮かんでる岩があるぞ！　飛○石か⁉　飛○石なのか⁉」

滝をワクワクした表情で眺めていたユキは、次に近くに浮かんでいた、下部が淡い赤色に光っている巨大な岩石に目を付け、色んな角度から吟味し始める。

その姿はまんま少年そのもので、挙動が我が家の童女達とほとんど変わらない。

彼女らの中で、一番この旦那に似ているのは……やはり、イルーナか。

よくあのような様子で興味の対象が二転三転し、かと思えば脈絡もなく突然、何かに夢中になり始めるのだ。

例えば最近だと、イルーナは「将来はお花屋さんやりたい！」などと言っていたりする。

いや、それだけならば可愛いものなのだが……レイラか、もしくはユキにでも聞いたのか、ニコニコしながら「このお花の学名はね、～なんだよ！」とか、「この土はね、ふよーどで柔らかくて、栄養いっぱいだから～」とか、無駄に知識が豊富になって来ているのだ。

もう少し子供らしく、「綺麗《きれい》な赤いお花」とか「いい匂《にお》いのするお花」とか言うのかと思ったら、そうではなくまさかの専門知識である。

土の状態がどうのなどと言われた時には、流石に苦笑いをしてしまったものだ。

シィやエンなども、イルーナ程ではないが、大なり小なりそういう面があるのは間違いない。

果たして、あの童女達がユキに似たのか、それともユキが元々子供っぽいのか。

前者だとは思うが……いや、前者も後者も、両方ともか。

あの童女達と一緒にいる時は、それなりに保護者らしく見えるのだが、彼女らがいないとこれである。

——全く、この旦那《だんな》は……。

もう少し大人になってほしいような、ずっとこのままでいてほしいような、そんな何とも言えない感情が胸の内に浮かび、思わずレフィは一人、小さく笑みを浮かべていた。

「うーむ、流石《さすが》空島。魔境の森も面白いモンは多いが、こっちもなかなか、見慣れないものが多いな――って、レフィ、どうしたそんな顔して。昼飯の弁当の想像でもしてるのか？　あれ、相当美味そうだったもんな」

「違うわ、阿呆《あほう》。それよりユキ、来るぞ」

「へ？　――うおぉ⁉」

魔境の森では見慣れない形の木を、呑気《のんき》にペタペタと触っていたユキは、レフィが指差した方向、滝のすぐ上に顔を向け――驚いてその場からズササと後ろに後退《あとずさ》る。

現れたのは、巨大な、翼の生えた四足歩行の獣である。

リルと同じような狼《おおかみ》を思わせる姿形をしているが、あの苦労性のペットとは違い、こちらの獣は二本の大きな牙《きば》が口から飛び出しており、目が片側に二つの計四つ存在している。

強さから見て、ここらのヌシか。

相当に機嫌が悪いらしく、その表情には憤怒が浮かび、「グルルル……」とこちらを強く威嚇している。

覇龍のこの身がいるのにもかかわらず、こうして警告に出向いて来た辺り、恐らく相当深くまで縄張りに侵入してしまっているのだろう。

「ふむ、『ヴォルフニール』か。そこそこ強い魔物じゃな」

「き、気付かなかった。いつの間に」

「何かしらの魔法を使って、自身の姿を風景に溶け込ませておったようじゃな。儂《わし》らがあんまり縄張りの奥まで入って来るもんじゃから、慌てて姿を現したのじゃろう。視線は感じておったから、何処《どこ》かにはおるじゃろうと思っておったが」

「な、なるほど。今まで隠れてたから敵意もなく、索敵スキルに反応がなかったのか。……というか視線て」

そう言いながらユキは、この身を背後に庇《かば》うようにして前に立ち、今回エンを連れて来ていないからか、虚空の裂け目から戦棍《せんこん》のような武器を取り出す。

この男は、口では「お前がいれば魔物も問題ないだろ」などと言うが、実際に敵が現れた時には、こうして前に出てこちらを守ろうとする。

微妙に気恥ずかしいが、しかしその感覚が、心地《ここち》良い。

覇龍の自分を守ろうとする者など、世界広しと言えど、この男だけだろう。

このまま身を任せてしまおうか、なんて気もするが……残念ながら、相手の方が強い。

今のユキの実力では、良い勝負をしてあの魔物を倒すことが出来ても、大怪我《けが》は確実だろう。

旦那が決死の覚悟を決めている時ならばともかく、今はそんな時でもなく遊びに来ているだけなので、パパッと倒すべく片手を前に伸ばし――。

「去《い》ね」

――パーからグーへと、ギュッと閉じた。

「あっ」

刹那《せつな》、狼の魔物の頭部がパチュンと爆《は》ぜ、その身体《からだ》がゆっくりと崩れ落ちて行き、そして地面に転がって動かなくなった。

「……レフィさん、今のは？」

「儂の魔力で、奴《やつ》の頭部に高圧を掛けたんじゃ。そこそこ強い魔物じゃったから、少し多めに魔力を込めておいた」

「あー……ちなみに、どれくらい込めたのか聞いても？」

「お主の総魔力の三十倍くらいかの。外殻が固い相手にはあんまり効かんのじゃが、さっきの彼奴は見た目通り柔《やわ》かったようじゃな」

「……お前のそのアホ程ある魔力は、もはやそれだけで最強の武器だな」

「ま、これくらいはの。単純な魔力総量で言えば、多分儂はこの世界で頂点争いが出来るぞ。精霊王の爺《じじい》には負けるが」

「相変わらずとんでもねぇな……」

呆れたようにそう言ってから、ユキはポツリと呟《つぶや》く。

「……まだまだ、お前には守られる側か」

聞こえた彼の言葉に、クスリと笑みを溢す。

「カカ……安心せい。お主が儂を守ってくれる日まで、ずっと隣にいてやる。それまでは、儂がお主を守ってやろう」

――これから、何十年、何百年、何千年経《た》とうとも。

この身が滅び、死するその時まで。

隣に立ち、支えて行く。

固く、胸に思いを秘めていると、ユキはポリポリと頬《ほお》を掻《か》いて口を開く。

「……三百年くらいは待っててくれ」

「うむ、いいじゃろう。それくらいは全然待ってやる。――さ、ユキ。探索は途中じゃ。まだまだ色々見るのじゃろう？」

「そうだな。んじゃあ、次は山の上の方まで飛んでみるか！　どうなってるか見てみてぇ」

「ほう、いいの。楽しみじゃ」

二人揃《そろ》って、背中に翼を出現させる。

「……あの、レフィさん。俺が翼を出した時に、毎回触りに来るの、どうにかなりませんか」

「気にするな」

「流石にそんな触られてたら、気にしないってのも無理があるんすけど」

「ほら、あれじゃ。儂がお主のことを待っていてやるための、手数料という奴じゃ」

この翼は至高。異論は認めない。

「……いや、別にいいんですけどね」

ユキは、苦笑を浮かべた。

◇　◇　◇

「うおお……すげぇ」

「これは良い景色《けしき》じゃのう……」

空島の中央に聳《そび》え立《た》つ、巨大な山の頂。

そこから眼下を見下ろし、二人揃って歓声をあげる。

見渡す限りの雲海と、その下に覗《のぞ》く、大地の全《すべ》てを埋め尽くさんとばかりに広がっている魔境の森の緑。

少し遠くには、自身が以前寝床にしていた山脈が雲を突き抜けて存在しており、雄大な大自然を一望することが出来る。

その光景を前に、ユキは少しだけ残念そうな声音で口を開いた。

「ここに扉を設置出来れば、みんなも連れて来られるんだがなぁ……」

「無理なのか？」

「あぁ。この空島、浮かんでるからさ。俺のダンジョン領域と地続きじゃないと組み込めないし、んで、ダンジョン領域じゃないとワープ出来る扉は設置出来ないんだ」

「それは残念じゃのう。つまりここに来られるのは、お主と儂だけか」

「そういう訳だな。我が家は……あの雲を突き抜けてる山の辺りか」

「うむ、あの山の一個隣の山じゃな。儂の元住処《すみか》のある」

「お、懐かしい。そうか、あれは以前お前と行ったことのある山か」

しばしの間二人で景色を楽しんだ後、ユキは「よし」と言って言葉を続ける。

「それじゃあ、ここらで昼飯にするか。時間もちょうど良いし」

「うむ、確かに少々腹が減ったな。大体この島も見て回ったしの」

「翼があるって便利でいいんだが、なんかこう……登山の風情はないよな。景色が良くて、気持ちが良いのは間違いないけど、周囲の様子も大体全部わかっちゃったし」

「下の方は緑があったが、上の方はほぼ岩山じゃったからの」

「ま、それでも楽しかったけどさ。色々見ながら、お前とこうして、二人だけで散歩が出来て」

ニヤリと笑うユキに、少しだけ頬が赤くなる。

「……それより、昼飯にするんじゃろう。早く準備をせんか」

「はいはい、今しますよ」

平らなところに大きめのレジャーシートを敷くと、二人は靴を脱いでその上に座る。

「うおお、気持ちいい」

と、彼は、ゴロンとその場に寝転がり、目を閉じた。

「一陣の風が吹き、俺の頬を撫《な》でて行く……フッ、我が身がまるで、大空の一部と化したようだ……今の俺は、まさに風そのもの……ウィンドマン……」

「ユキ、全く似合っておらん上に、聞いていて背筋がぞわりとするから、二度とするな」

というかウィンドマンて、と呟くと、ユキは寝転がったままにじり寄って来る。

「つれないこと言うなよ、嫁さんよぉ～」

「気持ち悪い動きでこっちに来るでないわ！」

「ぶへぇっ」

ペシ、と胴を軽く蹴《け》ると、そのままゴロゴロとレジャーシートの端まで転がって行くユキ。

「イテテ……ひでぇ嫁さんだぜ。旦那はただ、詩作に耽《ふけ》っていただけなのに」

「お主の痛々しい言葉を聞かされるくらいならば、自身の耳を引き千切った方がマシじゃ」

「なに、そいつは重大だ。残念だが、詩作は諦《あきら》めることにしよう」

フンと鼻を鳴らすと、ユキは笑いながら身体を起こし、今度こそアイテムボックスからランチボックスを取り出した。

「ほい、箸《はし》。あ、フォークの方がいいか？」

「いや、箸でいい。茶を汲《く》んでおくぞ」

「ん、サンキュ。お手拭《てふ》き、これな」

「わかった」

二人でテキパキと用意し、準備が出来たところで、手を合わせる。

「それじゃあ、いただきます」

「いただきます」

ランチボックスのフタを開け――途端にふわりと良い匂《にお》いを漂わせる、色鮮やかな料理の数々。

「おぉぉ」

見るからに美味《おい》しそうな弁当の中身に、もう待ちきれないと、二人同時に料理へと箸を伸ばす。

「この玉子焼き、超絶美味《うま》いぞ。いくらでも食えるな」

「うむ、こちらのからあげも最高に美味い。イルーナが好物と言うだけある」

家でもよく食べているのだが……環境が変わるだけで、何故《なぜ》こうも美味いと感じるのだろうか。

つい最近行ったバーベキューでも、ただの肉が大層美味しく感じられたものだ。

全く手が止まらず、バクバクとからあげを食べ、さらにもう一つへと箸を伸ばし——というところで、ガシ、と横から伸びてきたユキの箸が、こちらの箸を防御した。

「何じゃユキ、この箸は。行儀が悪いぞ」

「いやね、レフィさん。私もこういうことはしたくないんですけど……些《いささ》か、些かなんですがね。あなた、からあげ君を、食べ過ぎなんじゃないかと思うんですよ」

「些かなら別に、良いではないか。全く、狭量な男じゃのう」

「そうか、そうですか。お前がそう言うんだったら、言い換えてやろう——食い過ぎだ！　俺まだからあげ一個しか食ってねぇってのに、もう無くなりそうじゃねーか⁉」

「いやいや、お主の勘違いではないか？　三個くらいは食べたんじゃないかの。うん、そうじゃ、儂もお主が三個食っておったのは見たぞ」

「そんな雑な嘘《うそ》で誤魔化《ごまか》されると思ったら大間違いだからな⁉」

そう、ツッコミを入れた拍子に力を込めてしまったのか、バキ、と嫌な音が彼の箸から鳴る。

「——って、あぁ⁉　おまっ、俺の箸折れちゃったじゃねぇか⁉」

「いや、今のはお主の自滅じゃと思うが……仕方がないのぉ。ほれ、あーん」

「えっ、あ、あぁ、サンキュ——って誤魔化されねぇからな⁉　これからあげじゃなくてじゃがいもじゃねぇか‼」

「チッ……」

あーんされたポテトを律儀に食べてから、声を荒らげるユキ。

「何じゃお主、以前にじゃがいもは好きと言っておったではないか。それを儂が手ずから食べさせてやったというのに、何が不満なんじゃ」

「確かにじゃがいもは好きだがな、それとこれとは話が別だ」

「お主は儂に好物をあーんをされて嬉《うれ》しい、代わりに儂はからあげを食べられて嬉しい、お互いういんうぃんな交換条件じゃろうて」

「そんな交換条件でやるくらいなら、自分で食った方がよっぽどマシだということを、お前はわかっていないようだな」

その言い合いは、ただ昼食を食べるだけなのにもかかわらず、食べ終わる最後まで飽きることなく続いたのだった。


――後日。


「見ろ、レフィ！　あの空島でゲットした飛○石で作った、宙に浮く剣だ！　これで、自分の周囲にコイツを何本も浮かせて、ファン○ルごっことか、『剣を操りしソードマスター！』ごっことか出来るぞ！」

「……それ、浮くことによる利点は何かあるのか？」

「いや、別にないけどど。むしろ飛○石が柔いみたいで、強度が大幅に下がってるから、何かを斬ろうものならすぐぶっ壊れるぞ。多分、台所の包丁の方がよく斬れるな」

「………………」

やっぱり、この男はただのアホだと、レフィは思った。

◇　◇　◇

――ある、夕方前。

「はい、『5飛ばし』！　お前スキップな」

「ぬがあ！　またか⁉　お主何枚も5を持っておるのに、儂《わし》を飛ばしたくて一枚ずつ出しておるな⁉」

「お、よく気が付いたな！　フッ、これも戦略の内よ」

「戦略も何も、ただ嫌がらせしたいだけじゃろう⁉」

「はいはい、そこイチャイチャしない。じゃ、僕は7で『7渡し』ね。はい、リュー、これあげる」

「うっ、いらないカード……じゃあウチは、普通に9っす」

「それなら私は、2を置かせてもらいますねー。ジョーカーは私が持っていますので、一度流させていただいてー……8を二枚で『8切り』、2とジョーカー、最後に6で上がりですー」

「うわ、最初の上がりはレイラか……都落ちしちまった」

「よくやったぞ、レイラ！　フッフッフ、これで此奴《こやつ》のしたり顔を歪《ゆが》ませられる上に、儂が最下位に落ちることがなくなったな！」

「レフィ、もうちょっと志高く行こうよ……」

「流石《さすが》、レイラは強いっすねぇ」

「今回は手札が良かったですからー。──それじゃあ、そろそろ私は夕ご飯の準備をしますねー」

「あれ、もうそんな時間か」

レイラの言葉を聞いて、俺はダンジョンの壁に吊《つ》るしてある時計《とけい》に目をやり……あ、マジだ。

まだ幼女達は外に遊びに行ったっきり帰って来ていないが、確かにそろそろ晩飯を作り始めなきゃいけない時間帯になっている。

大富豪、すんごい面白いんだが、あっという間に時間が経《た》っちまうからなぁ。

「んじゃ、大富豪はこの辺りで終わりにして、我が家の腹ペコ幼女達が帰って来る前に、全員で晩飯作るか」

「あ、いえ、私が準備しますので、まだ遊んでいていただいて大丈夫ですよー？」

「いやいや、そういう訳にはいかないさ。お前らー、晩飯作るぞー」

「りょうかーい」

「了解っす！」

「むむ、負けたままは悔しいが、わかった」

口々にそう言って、トランプを片付けてから三人が立ち上がる。

「うふふ、それなら皆さん、お手伝いお願いしますねー」

「――さぁ、やって参りました！　ユキ'sキッチンのお時間です！　てんてれてれてれてんてんてーん、てんてれてれてれてんてんてーん」

「ネル、此奴がまたおかしなことを始めたぞ」

「そうみたいだね。おにーさん、何してるんだい？」

エプロンを巻き、ポニーテールのレフィの言葉を受け、少し前から髪を伸ばし始め、同じくエプロンを巻いて短めのポニーテールにしているネルがそう問い掛けて来る。

元々ショートボブの髪形だったネルなのだが、以前、俺がどちらかと言えばロングの方が好みと言って以来、ああして伸ばしているのだ。愛《う》いヤツである。

「てんてれてれてれてんてんてーん、てんてれてれてれてんてんてーん――説明しよう！　ユキ'sキッチンとは、お手軽！　簡単！　超美味しい‼　そんな料理を作って紹介し、みんなに食わせる番組である‼」

「あぁ、背景音楽と司会を一人でやってるから、答えるのがちょっと遅れるんだね」

「そのようじゃな」

「あの、君達、冷静に分析するのはやめていただけませんかね」

俺は、ゴホンと一つ咳払《せきばら》いしてから、気を取り直して言葉を続ける。

「さて諸君、まずは私の助手を紹介しよう！　――出《い》でよ、メイド仮面X！　メイド仮面Y！」

「じゃじゃーん！　メイド仮面X、参上っす！」

「あ、あの、この仮面、大分恥ずかしいんですがー……」

俺の呼び声の後、メイド仮面Xがノリノリの決めポーズで、メイド仮面Yが恥ずかしそうに頬《ほお》へ手を当てながら現れる。

「……台所へ行く前に、突然ユキに連れられて行ったと思ったら……リューはともかく、レイラよ。嫌ならば嫌とはっきり言っていいんじゃぞ」

「その、押し切られてしまいましてー……」

仮面で表情がわからないが、恐らく困ったように微笑《ほほえ》んでいるだろうメイド仮面Yの横で、俺は言葉を続ける。

「まず一品め！　用意するのは――コイツだ！　豆腐にネギ！　メイド仮面Y、君はネギを刻みなさい。メイド仮面X、君は応援してなさい」

「畏《かしこ》まりましたー」

「了解っす！　いっぱい応援するっす！　――え、応援？」

こちらを「えっ」と二度見するメイド仮面Xをスルーし、惚《ほ》れ惚《ぼ》れするような手つきでネギを刻み始めたメイド仮面Yの横で、俺は豆腐を均等に切り分ける。

「そして、切り終わったこの豆腐に、メイド仮面Yが刻んだネギを乗せ――完成！　冷ややっこだ！」

「…………」

「…………」

「おう、君達、もうちょっと何か反応してくれてもいいんだぞ」

何だい、その子供でも見守るような生暖かい目は。照れるじゃないか。

「いや……随分大仰に始めた割には、冷ややっこか。食材から、そうじゃろうとは思っておったが……」

「いいだろ、冷ややっこ。美味《うま》いし」

「まあ、確かに美味いが……」

「シンプルだけど、良い食材だよね、お豆腐。……というか、このお豆腐って、おにーさんが使うダンジョンの機能で出してるんだよね？」

「おう、そうだぞ」

「それを考えると、当たり前のように食べてるけど、超高級食材って言っても過言じゃないよね……」

それはそうだな。

けど、そのことを言い始めると、我が家で食べているものは、ほとんど高級食材に分類されることになるだろう。

正直、ウチの食材の豊富さは、割とマジで世界一だと思う。幼女達に、色んなものを食べてほしいしな。

「それじゃあ、ユキ'sキッチンの二品目に――もうなんか、面倒くさくなってきたから、普通にやるか」

「適当な男じゃのう……」

「あ、メイド仮面の出番は終了っすか」

「おう、またその内、出動を頼むぜ。特に、幼女達とごっこ遊びをしている時にな」

「了解っす、正義のメイド仮面Xとして頑張るっすよ！」

「この仮面はもう、外していいんですねー……」

「うむ。ここからはメイド仮面Y——いや、仮面を脱ぎ去り、真の正体を現したレイラ'sキッチンの時間だ！　てんてれてれてれてんてんてーん、てんてれてれてれてれてんてんてーん」

「その気の抜ける音楽は、いったい何なんじゃ」

「何だかすごく耳に残る旋律だね……」

俺もそう思う。


——バタンと、外に繋《つな》がる扉が開く。

「ただいまー！」

「ただいマ！」

「……ただいま」

「おかえりー、手ぇ洗ってこいよー」

「しっかり爪の間の泥まで落とすんじゃぞー」

「「はーい」」

「……ん」

そして、テーブルに皿を並べて晩飯の準備を進めていると、すぐに洗面所の方から幼女達が戻って来る。

「うわぁ！　今日は何だか豪勢だね！　何かいいことあった日？」

「いや、そういう訳でもなくてな。今日はみんなで料理作ってたんだが、そうしたら思った以上の量になっちまったんだ」

「へぇ、そうなんだ。食べるものいっぱいあって、何だか幸せだね！」

「そうっすよぉ、外じゃあこんないっぱい食べられるのはお祝いの日くらいっすから。日々の食べ物を得られる幸運にも、食べ物になってくれた命にも、料理を作ってくれた人にも、感謝しないとダメっすよ！」

「うん！　いっぱい感謝する！」

「シィも、いっつもイっぱいありがとうって、おもってるよ！」

「……ん。美味《おい》しいものいっぱいで、感謝」

「おう、分量間違えて、味を調えるために量を増やす原因を作ったヤツが何か言ってるぜ」

「そ、それを言うなら、レフィ様だって同じ失敗してたっすから！」

「あっ、こら、リュー、余計なことを言うでない！」

「あはは……ここには冷蔵庫っていう便利な魔道具があることだし、残っちゃったら保存用の容器に入れておけばいいから、大丈夫だよ」

「明日の朝ごはんですねー」

そう会話を交わしながら、それぞれ何となくで決めている自身の椅子に座る。

「よし、みんな座ったな。それじゃあ――いただきます」

『いただきます』

閑話二　彼女らの思い

熱く、抱擁を交わす。

肌で感じる彼の体温。

首筋をくすぐる吐息。

自身の背中に回された両腕に深い安心感を覚え、この上ない幸福が全身を包み込む。

一分か五分か、それとももう少し長い時間か。

彼の身体《からだ》をギュッと抱き締めていたネルは、名残《なごり》惜しい気分ではあったが、いつまでもこうしていられないので、回していた腕を解《ほど》いた。

「……ん、ありがと、おにーさん」

「おう、満足したか？」

「満足はまだかな？　でも、気の済むまでこうしてたら、日が暮れちゃうからね。そこそこで我慢しないと」

おどけるようにそう言うと、彼はからからと笑いながら言葉を返す。

「ハハ、そうか、そうだな。俺も同じだ。本来なら人間のヤツらにお前のことを渡したくないくらいだしな」

「僕も、おにーさん達と一緒に、毎日ふざけながら過ごせたらいいんだけどね……ごめんね、後五年くらいは、待っていてほしい。それまでに、どうにか勇者を辞める算段を整えるから」

そうするための手段は、すでに考えてある。

後は、上司に相談するだけだ。

「いくらでも待つさ。お前と一緒にいられるんならな」

そう口では何でもないように言いつつ、しかし少しだけ寂しそうな顔をする彼に、若干の罪悪感が湧いたネルは、彼の両手に自身の両手を絡め――。

「ね、おにーさん」

「ん？」

――つま先立ちをして、彼の唇に自身の唇を押し付けた。

まるで麻薬でも摂取したかのように、脳味噌《のうみそ》が蕩《とろ》ける感触。

絡ませた両手の指先に、お互い少しだけ、力がこもる。

しばしの間、天にも昇るような心地《ここち》の良い感触を味わってから、ネルは、ゆっくりと唇を遠ざける。

「大好きだよ、おにーさん。――それじゃあね、あんまりおバカなことをして、みんなを困らせちゃダメだよ！」

「……あぁ。俺も、愛してるぞ」

気恥ずかしそうにポリポリと頬を掻《か》く彼に、ニコッと笑ってネルは、辺境の街アルフィーロへと繋がる扉を開いた。

王都に向かう乗合馬車の中で、ネルは先程の彼の表情を思い出し、外の景色《けしき》を眺めながら小さく笑みを溢《こぼ》す。

「ふふ……」

いつもは平然とこちらをからかうくせに、ああして不意打ちをすると照れるのだ。

あの顔を見られただけで、一か月くらいは彼の顔を思い出して我慢出来る気がする。

それ以降は……彼に貰《もら》っている、遠方でも会話が出来る魔道具、『通信玉・改』を使用して騙《だま》し騙し仕事を熟《こな》しつつ、耐えられなくなったら休みを貰って帰ることにしよう。

今の自分はもう、彼と、そして彼の周囲にある心地の良い『世界』無しには、生きることが出来ないのだろう。

以前にレフィと話した際、彼女もまた、昔の生活にはもう戻れないと言っていたが、その気持ちがよくわかる。

それだけ、彼と共に生きる世界は楽しく、騒がしく、満たされるのだ。

きっとリューもまた、同じように思っていることだろう。

彼女は笑ったりふざけたりするのが好きで、重い話や生真面目《きまじめ》な話があまり得意じゃないらしく、そこまで深い話をしたことはないのだが……今の生活を幸せに思っていないのならば、あんなに屈託なく笑うことは出来ないはずだ。

「みんなと一緒に、か……」

正直な気持ちとしては、自分ももう勇者の仕事を辞めてしまって、ただの彼の妻として生きたいと思っている。

あの迷宮に住まう仲間達と、毎日面白おかしく、ふざけ合いながら生きていければ、なんて最高なことだろうか。

ただ——この勇者という役職もまた、自分でやりたいと決めた仕事なのだ。

これを中途半端に終わらせ、辞めるなんてことは出来ない。

全《すべ》てを投げ捨て、あの迷宮まで逃げ帰れば、きっと勇者の職は勝手に解任されるだろうし、彼ならば何も言わず無条件で受け入れてくれるだろうが……それでは、自分の中の矜持《きょうじ》が許さない。

くだらない矜持かもしれないが、それでも自分は勇者だという自負が、確かにこの身の内には存在するのだ。

せめて、勇者として確かな仕事をしたと、自分はこれだけの功績を残したのだと、胸を張って言えるだけのことをしなければ、自信を持って辞めることなど出来やしない。

自信を持って、自分は勇者ではなく彼の妻であると言うために、今はこの勇者という役職を本気で熟すのだ。

そうしてこそ、魔王の嫁として相応《ふさわ》しい存在だと、自分の中で折り合いを付けることが出来るだろう——。

「――帰ったか、ネル。休暇は満足出来たか？」

「はい！　長く休みを取らせていただいて、ありがとうございました！」

教会本部に戻り、出迎えてくれた上司に、ネルは感謝の念と共に小さく頭を下げる。

「ふむ、その様子だとしっかり英気を養うことが出来たようだな。それならば何よりだ、お前にはこれからも頑張ってもらわねばならん」

「休ませていただいた分は、しっかり働きますよ！　――それで、カロッタさん。一つお話があります」

「うん？　何だ、改まって。次の仮面とのデートのために、休みの相談か？」

「ち、違います！」

ワタワタと手を振って否定するネルに、周囲の他の聖騎士達が笑い声を溢す。

若干頬を赤くしてから、ネルはコホンと咳払《せきばら》いし、先程よりも真面目な表情を浮かべて言葉を続ける。

「魔物の討伐依頼、国境沿いの小競り合い、治安活動、その辺りの仕事をいっぱい回してほしいんです。特に、魔物の討伐依頼があれば、何でもやります」

「ほう……実績作りか？」

ネルの狙《ねら》いをすぐに察し、そう聞き返して来るカロッタに、彼女は「敵《かな》わないな」と苦笑を浮かべて言葉を返す。

「そうです。今までの僕は、仕事と言えばほとんどがこの王都の中でのものでした。まだ僕が新米だからというのが理由だとはわかっているんですが……今度からは、もう少し難しい仕事を回してほしいんです」

「それで魔物の討伐依頼か」

「はい、強い魔物の討伐は、すぐに知れ渡りますから。ここ最近のゴタゴタ続きで、討伐の滞っているものが多くあると聞いていますし」

魔物とは、人々のすぐ身近にある脅威だ。

それ故、人々を脅かしていた強大な魔物が討伐されたとなれば、すぐに噂《うわさ》は広がって行き、何もせずとも勝手に知れ渡って行く。

少し前、教会が威信を回復させるべく、迷宮攻略に乗り出したのと同じ理由である。

ただそれには、自分にまで回って来るような、かなりの強さを持つであろう魔物を討伐しなければならない訳だが……まあ、魔境の森の魔物達の、ちょっとおかしな強さをよく知ってしまった今ならば、それ以外の魔物など可愛《かわい》いものだと半ば本気で思っている。

勿論《もちろん》、油断は大敵であることは重々理解しているものの、実際の能力値として、あそこ以外に棲《せい》息《そく》している魔物など大した強さは持っていないのだ。

そのことは、自身の夫の魔物狩りに付いて行き、魔物達の強さをたくさん教えてもらって、よく理解している。

それに、仮に自身の実力ではどうしようもない魔物が相手であったとしても、彼が「もし危険があれば躊躇《ちゅうちょ》せず使え」と渡してくれている、数々の道具が今の自分にはある。

それを自分の功績のために使用するのは、ちょっとずるいとは思うが……そもそも勇者であるこの身が対処出来ないような魔物を放置していては、甚大な被害が出ることは間違いないのだ。

人命に関わる以上、ここだけは胸の内にある矜持には我慢していてもらいたい。

「お前の申し出は理解した。だがそうなると当然、魔物狩りだけではなく、紛争の場にも多く出ることになる。それはわかっているのか？」

「大丈夫です。今の僕ならば、誰にも怪我させず場を収めることも出来ますから」

あまり我を前に出さないタイプのネルが、珍しく自信を前面に押し出している様子を見て、カロッタは少し驚いたように目を丸くする。

「……変わったな、ネル」

「やりたいことと、目指したいものが、僕の中でしっかり形になっただけですよ」

気負った様子もなく、ただにこやかにそう言うネルに、カロッタはしばし考える素振りを見せてから、口を開いた。

「そうか……わかった。では、今まで以上にビシバシ働いてもらうことにしよう。自分で言ったのだ、その覚悟は出来ているのだろう？」

「勿論です。精一杯頑張らせていただきます！」

ネルは笑顔で、しかし確かな決意と共に、コクリと頷《うなず》いた。

◇　◇　◇

早朝。

「ふあ……」

ゆっくりと身体を起こしたリューは、片手を口に当て、欠伸《あくび》を漏らす。

大きく伸びをし、軽く身体を解《ほぐ》すと、彼女はベッドを抜け出した。

「スー……スー……」

聞こえて来たその寝息の方向に顔を向けると、隣のベッドで可愛《かわい》らしい寝顔を見せて眠っているレイラ。

「ふふ……可愛い寝顔っすねぇ」

この同僚は、寝起きがあまり良くない。

いつもにこやかで、何でも出来る最強メイドの彼女だが、寝起きはボーッとしており頭が働き始めるまで少し時間が掛かるのだ。

この寝顔の可愛らしさが、彼女の大きな弱点と言えるだろう。

クスッと笑ってリューは、寝間着から仕事着のメイド服に着替え、それ以外の身支度も整えると、いつもの生活空間である居間——真・玉座の間に出る。

するとすぐに、布団の敷かれている位置とは離れた場所で、毛布一枚だけを被《かぶ》り、すごい恰好《かっこう》で眠っている自身の未来の旦那《だんな》さんと、彼の嫁の一人である銀髪の少女の二人の姿が視界に映る。

彼のお腹《なか》の上に少女の頭が乗っかっており、彼が微妙に寝苦しそうに表情を歪《ゆが》めているのが、ちょっと面白い。

隣にボードゲームの盤が置いてあるのを見る限り、恐らく昨日《きのう》も夜遅くまで言い合いをしながら、遊んでいたのだろう。

「この二人は、相変わらずっすねぇ……」

苦笑を溢してリューは、彼の傍に膝《ひざ》を突くと、その髪をそっと撫《な》で——少しだけ、不安を胸中で感じていた。

隣で眠っているこの銀髪の少女は、神々しいという言葉がピッタリ来るような整った容姿をしており、さらにその身には、何者が相手であろうと無条件で彼を守ることが出来るだけの、隔絶した力を有している。

もう一人の彼の嫁である、つい先日仕事で出て行った勇者の少女もまた文句なく美少女と言って良い見た目をしており、大体のことをそつなく熟す上に気立てがとても良く、男の人が好む奥ゆかしい女性そのものといった性格をしている。

あの二人と比べると、自分は大分、色んな面で劣っているように思うのだ。

彼女ら程自身の顔立ちが整っているとはとても思えないし、胸も貧相で、スタイルも特筆して良い訳ではない。

しかも、それに加えて不器用で、ロクに家事も出来ない始末だ。遊び相手すら、銀髪の少女がいる限り、自分は特に求められないだろう。

彼女らと比べ、劣っている点は数あれど、優れている点などどれだけあるのだろうか。

考え付くものとしては……耳と尻尾《しっぽ》か。

いや、銀髪の少女も尻尾はあるので、実質アドバンテージは耳だけだ。

この人は、何故《なぜ》かわからないが人間にはない部位を好む傾向がある。

ウォーウルフ族が持つこの耳と尻尾もよく触ろうとして来るので、いつも時間を掛けて手入れを行っているのだが、これからはもっと念入りにやった方が良いだろうか。

レイラ辺りに、良い手入れの方法を相談することにしよう。

まあ、この人自身に言えば、何かしらの手入れ用アイテムをポンと出してくれるような気もするのだが……それはちょっと、嫌だ。

女の化粧というものは、男の人が見ていないところでするものだ。

彼に好かれたくて、裏で努力をしているところを見られるのは、少し、いや大分恥ずかしい。

「獣人族に生まれたことを、まさかこんな理由で感謝する日が来るとは思わなかったっすねぇ……」

「何に……感謝するって？」

「うひゃあ!?」

急に話し掛けられ、ビックリして思わずヘンな声が漏れる。

「ご、ご主人……起きてらしたんすか？」

「ん、いや……今起きた……」

寝ころんで半目のまま、ゆっくりとした口調で答える自身の主人。

この様子を見るに、本当に寝起きであるようだ。

「あぁ、なら、起こしちゃったっすか。申し訳ないっすよ」

「……おぉ、そうだ。責任を取ってもらわんとな」

小さくニヤリと笑うと、彼はこちらの手を引き、懐へと引き込む。

「あっ、ご、ご主人……」

「お前は温かくて、いい布団だなぁ……」

「う、ウチはお布団じゃないっすよぉ……」

片腕で掻《か》き抱《いだ》かれ、頬《ほお》が赤くなるのを感じる。

彼の身体が発する熱に、心がほんのりと温められる。

——その温《ぬく》もりに、励まされたのか。

心の中に溜《た》まっていたモヤモヤを、いつの間にか自身の口が、吐き出していた。

「……ご主人、一つ、聞かせてほしいんす」

「ん？　何だ？」

「……ウチは、ご主人のお嫁さんとして、相応《ふさわ》しいでしょうか……？」

「え、な、何だよ急に」

幾度か口を開けたり閉じたりし、少しの間躊躇してから、おずおずと言葉を続ける。

「その、ウチは、レフィ様みたいなご主人を守れる力もなければ、ネルみたいな大らかな包容力もないっす。かと言って、家事とか料理とかがよく出来るのかと言えばそんなこともなくて、レイラみたいに何でも出来るしっかり者でもなくて。みんな、とっても可愛いのに、ウチだけは、そうでもなくて……」

自分で話している内にだんだんと気分が落ち込み、涙声になってしまい、それに気付いたのか彼の手があやすように背中を撫でる。

「だから、ご主人のお嫁さんとしては、ウチは失格なんじゃないかなって、そんなことを思って……」

「うっ……」

自身の言葉に、少し考える素振りを見せてから、彼は口を開いた。

「……ま、確かにお前は、別に強くもなければ、相当に不器用なポンコツメイドではあるな」

さらに気分が落ち込みそうになるが、しかし彼は、笑って言葉を続ける。

「けど、リュー。そんなこと、どうでもいいんだぞ」

「どうでもいいってことは、ないと思うっすけど……」

「いいや、どうでもいい。そんなのは、お前はレフィでもなければ、ネルでもなく、レイラでもない。ただそれだけの話だ。アイツらと比べて劣っている点があったとしても、それは個々人の得手不得手が違うってだけのことだろ」

「でもウチ、みんなと比べて、優れている点なんて全くないっすよ？　耳くらいっす」

「ハハ、確かにお前の耳は素晴らしいものだがな。それだけなんてことはないさ」

「……じゃあ、ご主人。ご主人はウチのどんなところが好きなんすか？」

間近からその瞳《ひとみ》を見詰めると、彼は決して視線を逸《そ》らすことなく、いつものようにふざけることもなく、おだやかな笑みを浮かべて答える。

「まずそうだな、みんなに笑って楽しんでほしくて、お前がわざとふざけたりしているところを見るのは、すごく好きだ。お前がそうしてくれているおかげで、ウチのヤツらは、毎日いっぱい笑っていられる。お前がいるだけで、家の雰囲気がすごく良くなるんだ」

「…………」

真《ま》っ直《す》ぐ放たれる言葉に、頬が少し赤くなるのを感じながら、彼の言葉にじっと聞き入る。

「もっと単純なところだと、お前の声も匂《にお》いも俺は大好きだし、お前自身が笑っている姿もすごく好きだぞ。そりゃあ勿論、もうちょっと家事とかが出来るようになってくれたら、助かりはするだろうけどな？　けど、今後一生お前がポンコツメイドのままでも、俺は一向に構わんぞ。今のままで、一緒にいて俺は幸せだからだ」

「……ご主人」

「あと、そうだリュー、お前は十分可愛いからな。自分は可愛くないなんて、外で言ったら嫌味になるから、あんまり言うなよ」

「ほ、ホントっすか……？」

「あぁ、ホントもホントだ。俺はお前を超可愛いと思っているし、ぞっこんだ。俺には勿体《もったい》ない嫁さんだと心の底から思っている。むしろ、俺の方がこんないい嫁さんを三人も貰《もら》っちゃっていいのかって不安になるくらいにな。——俺がそう思っているってだけじゃあ、満足出来ないか？」

グッと、胸が熱くなる。

ジメジメと湿っていた心が、彼の言葉を聞いただけで一気に軽くなり、澄み渡って行く。

「え、えへへ……いや、満足っす。ご主人がそう言ってくれるなら、それでいいっす。とってもとっても嬉《うれ》しいっす」

「おう、それは良かった。お前の不安は解消されたか？」

「はい……ご主人、ありがとうっす。大好きっす」

彼は、小さく笑みを浮かべてこちらの頭を優しく撫で、おどけるように口を開く。

「さて、嫁さんよ。俺はこれから、もうひと眠りだけしようかと思っているところなのだが、どうかね。一緒に寝ないかね？」

「ふふ……わかったっす。お供させてもらうっす」

——そうして、二人が寝息を立て始めた横で、のそりと起き上がる影。

「……全く、睦言《むつごと》を交わすならば、人がおらんところでやってほしいもんじゃ。全《すべ》て聞こえてしもうたではないか……」

途中から起きていたが、気を遣って寝たフリをしていたレフィは、些《いささ》かげんなりしたような表情でそう呟《つぶや》くのだった。

「あら、リュー……何だかご機嫌な様子ですね？」

「えへへ……とっても良いことがあって。でも、秘密っす！　ウチの胸にしまっておくんす」

「そうですか、魔王様に愛を囁《ささや》いてもらいましたかー？」

「えっ……な、何でわかったんすか⁉」

かぁっと顔を赤くするリューに、レイラはクスリと笑う。

「フフ、それは勿論《もちろん》、友人ですからー。あなたがそんなに喜んでいる以上は、魔王様が何かしたのだろうと思いましてー」

「うっ、そ、そんな簡単に見抜かれてしまうとは……流石《さすが》レイラっす！」

「いえ、普段のあなたを見ていれば、これくらいは皆さん気付くと思いますけどねー……」

あなたは相当わかりやすい子なので、という言葉を飲み込み、レイラはただ曖昧《あいまい》な笑みで彼女へと言葉を続ける。

「まあ、あなたが元気ならばそれでいいですー。さ、今日も頑張りますよー？」

「はいっす！　今日のウチは、元気百倍っすからね！　バリバリ仕事しちゃうっすよ！」

「張り切り過ぎて、失敗しないでくださいねー？」

「……そのフォローは、レイラに任せるっすよ！」

元気良く他力本願なところに、レイラは「もう……」と溢しつつ、笑っていた。

エピローグ　賑《にぎ》やかならば、それでいい

俺は、玉座に一人で腰掛けていた。

現在の時刻は、昼を少し過ぎたところ。

幼女達は全員外に遊びに行き、レフィとリューは身体《からだ》を動かしたいと言って同じように草原エリアへと出て行った。

レイラは自室で研究、ネルは王都の方に帰っているので今はいない。

故に、ここ真・玉座の間には今、珍しいことに俺しかいなかった。

最近はずっとみんなと一緒にいたからだろうか。こうして一人でいるのも、何だか新鮮な感じだ。

……一人でいるのが、新鮮とはな。

本当に、今の俺は、四六時中誰かと共にいる。

ここにいる時は元より、魔境の森に出た時もエンはほぼ必ず連れて行くし、ペット達もいる。

エンに関しては、少し前の幽霊船ダンジョン攻略にこそ連れて行けなかったが、それ以外では大体一緒だ。

もう俺は、一人では生きて行けないのだ。

「…………」

部屋を、見渡す。

転生し、初めてこちらの世界に来た頃《ころ》と比べ、家具も生活用品も遊び道具も増え、随分と様変わりした。

改めて見ると、真・玉座の間を居間として使用している訳なので、その装飾とのミスマッチ感がすごくて笑いそうになるが……それなりに、感慨深さもある。

こんなダンジョンの使い方をしているのは、世界広しと言えどきっとここだけだろう。

ふと、俺は玉座から腕を伸ばし、椅子の裏に設置してある分厚い檻《おり》を開き、その中に収めてある虹色《にじいろ》の宝玉を手に取る。

ダンジョンの、心臓。

俺の、心臓。

――ダンジョンとは、生物だ。

俺達とは違う形で存在している、生命体の一種である。

ただ……その割には、俺はコイツから何か意思のようなものを受け取ったことはない。

自らの身体であるはずのダンジョンの発展など全て俺に任せっ切りで、これをこうしたい、なんて自らの意思を見せたことなど一度もない。

コイツの能動的な行動など、きっと俺をこの世界に呼び寄せたことくらいだろう――いや、強い敵がダンジョンに侵入した際に、マップでこちらに警告して来たりするのは、コイツの能動的な行動と言えなくもないか？

どうであるにしろ、生物である割にはそれくらいの控えめな意思表示しかして来ないのだ、コイツは。

元々ダンジョンとは、そういうものなのだろうか。それとも、俺に信頼して任せてくれているのだろうか。

「そうだったら嬉しいけどな。ともあれ、お前のおかげで、俺は毎日すげー幸せだよ」

コイツが俺をこの世界に呼んでくれなかったら、俺はレフィ達に出会えていなかった。

世界の彩りを、世界の温かさを知らずに、ただ灰色のまま死を迎えていた。

俺の全ては、コイツから始まったのだ。

「本当に、心から感謝してるんだぜ？　だから、何かしてほしいこととかあったら、遠慮なく言ってくれていいからな。お前のためなら、何でもやってやるぞ」

宝玉は、当然ながら何も答えない。

だが……虹色の光が、キラリと反射したように見えたのは、俺の勘違いだろうか。

「――ユキ！　おるか、ユキ！」

その時、外に繋《つな》がる扉がガチャリと開き、レフィが現れる。

「ん……レフィか。どうした？」

「うむ、お主も暇しておるじゃろうし、三人で勝負を――と思ったんじゃが、もしや何かしておったのか？」

「いや……大丈夫だ。ちょっと考えごとしてただけだ」

俺はダンジョンコアを元の場所に戻すと、玉座を立ち上がる。

「その右手のラケットを見るに、勝負はバドミントンか？　いいぞ、我が魔王神拳をお前達に見せ付けてやるとしよう！」

「神拳って、ばどみんとんに拳は関係ないじゃろう」

「じゃあ魔王バドミントン拳」

「拳が残っとるぞ、拳が」

「ホントだな。ならやっぱ、言い辛《づら》いから魔王神拳でいいや」

「うむ、何でも良いからさっさと行くぞ。リューが待っておる」

そんな、どうでもいい会話を交わしながら、俺達は真・玉座の間を後にした。

――さあ、今日を楽しもうか。

特別編　のんびり釣りをするだけの話

釣り糸を垂らす。

微《かす》かな揺れと、漣《さざなみ》の音。

降り注ぐ陽光に、吹き抜ける温かな潮風が心地《ここち》良い。

「海に気軽に来られるってのは、やっぱいいもんだな……」

幽霊船ダンジョン、本当に良いものをゲットした。

俺の言葉に、隣で同じように釣り糸を垂らしているレフィが口を開く。

「そうじゃのう……儂《わし》も、遠目に海を見ることはあっても、こうして間近で見ることはあまり無かったのじゃが、中々心地良いものじゃ。独特の潮の香りも、悪くない」

「ウチはちょっと、海の臭いは苦手っすねぇ。時間が経《た》てば鼻も慣れるんすけど……」

と、レフィとは反対側の俺の隣にいるリューが、そう言葉を挟む。

「む、そうか。リュー、鼻良いもんな……」

「あ、けど別に、海が嫌って訳じゃないっすからね？　こうしてのんびり釣りをするのは、ウチもとっても楽しいっすから」

「そっか……辛《つら》くなったら言ってくれ。その時に休憩しよう」

「ありがとうっす！　でも、本当に大丈夫っす！　気になると言っても、別に辛い訳じゃないし、それよりも釣りをしていたいっすから」

そう言う彼女は、本当に無理をしている様子がなかったので、あんまり大袈裟《おおげさ》に聞き過ぎるのも野暮だろうと、俺はそれ以上何も言わずに釣りを再開し――と、その時、イルーナがニコニコ顔で俺を呼ぶ。

「おにいちゃん、おにいちゃん！　釣れたー！」

「お、やったな、イルーナ。また釣れたのか。魚釣り、上手《うま》いんじゃないか？」

「えへへ、そうかなぁ」

彼女のところまで行き、俺は釣り針から魚を外してバケツに入れ、そして新たな餌を付けてやる。

「ありがとう、おにいちゃん！」

「おう、いっぱい釣ってくれなー」

そして元の場所に戻ろうとする俺だったが、その前に他の幼女達が俺のことを呼ぶ。

「あるじ、あるジ！　シィも釣れた！」

「……エンも」

シィとエンに加えて、三人で一つの竿を使っていたレイス娘達もまた釣れたらしく、獲物の掛かった竿《さお》を俺のところに持って来る。

ちなみにレイス娘達は、霊体だと竿を握れないので、例の如《ごと》く人形に憑依《ひょうい》している。

念力が使えるレイを中心に、ルイとローが人形の身体で一生懸命引っ張っている姿は、見ていてすげー可愛《かわい》かった。

「ハハハ、大漁だな。わかったわかった、順番に行こう」

俺は笑いながら彼女らの竿を受け取り、順々に処理をしてやる。

数分して、ようやく俺は自身の竿のところに戻り――。

「あー、坊主だ」

どうやら、イルーナ達のを処理している内に、餌を食われてしまったらしい。

確認のためにリールを巻いてみたところ、俺の竿には針だけが残っていた。

「ありゃりゃ、残念でしたね、ご主人」

「あれだけ皆の竿を見ておったらのー」

彼女らもまた、この短い間に釣っていたようで、用意していたバケツに数匹が入っている。

どうも場所が良かったらしく、なかなか魚の食い付きが良い。

おかげで、幼女達の餌を変えてやるのに付きっきりになり、こうして俺の竿を見ている暇がないくらいである。

とは言っても、釣れないよりは釣れてくれている方が断然良いのだが。

釣りは、場合によっては全く釣れず、数時間を無駄に過ごすことがある。

大人はその暇も楽しむというか、釣れない場合もあるということを理解して、雑談しながらのんびりやる訳だが、幼女達はそうはいかない。

釣れない時間が続くとすぐに退屈させてしまうので、暇潰《ひまつぶ》しの道具も幾つか持って来ていたのだが、この様子ならば使わなくても良さそうだ。

「いやぁ、やっぱりこれだけ釣れると、楽しいっすねぇ……お魚なんて、ここに来る以前は全然食べたことなかったっすけど、とっても美味《おい》しいし」

「刺身は最高じゃのう。酒とよく合う」

「お刺身、最高っす……生魚を食べるの、最初は大分抵抗があったんすけど、お刺身の美味しさを知ってしまったら、もうやめらんないっすよ」

「刺身は寄生虫とか食中毒とかが怖いから、しっかり下処理をしておかないと食べらんないけどな。結構悲惨なことになるだろうから、気を付けろよ」

食中毒だったら、上級ポーションを使えば恐らく回復出来るだろうが、寄生虫の治療まで出来るかどうかは、正直自信がない。

こっちの世界に、寄生虫の治療が出来る医療機関があるとも思えないので、その対策は十全にやっておくべきだろう。

「……そういう病気のリスクを押してまで、最初に食べようと思った人が凄《すご》いっすよね。よくやるもんっすよ、ホントに」

「知らんのか、リュー。美味《うま》いものを食べるという情熱にはな、何者も逆らえないのだよ」

そのために毒のあるものをわざわざ毒抜きしてまで食べ、よくわからない独特の調理法を生み出し、ゲテモノと呼ばれるものすら美味しくいただいたりする。

美味いは正義。そういうことだ。

「そうだよ、リューおねえちゃん！　美味しいはせーぎなんだから！　だから、カレーが一番のせーぎなの！」

「え～、ちがうよ！　しんのせいぎは、シンプルなやきにくさんだヨ！　すべてのたべもののちゅうしんは、おにくであり、おにくのちゅうしんは、やきにくさんなんだよ！」

「……みんな、わかってない。本当の正義は、それらの料理を美味しく作るレイラ。だから、真の正義はレイラ。レイラには誰《だれ》も敵《かな》わない」

「む……！　それは否定出来ないね！」

「むむ……！　これはいっぽンとられたね！」

うむ……とりあえずあれだな。

幼女達も、我が家で最も強いのが誰かを、しっかり理解しているようだ。

そして、どうやらシィは肉信者だったらしい。

ウチの子は健啖家《けんたんか》が多いが、シィは特に好き嫌いもなく、本当に何でも美味しく食べる子なので、そこまで肉が好きだったとは知らなかったぜ……俺もまだまだ勉強不足だったな。

反省だ。

「ごはんのことを考えてたら、お腹空《なかす》いてきちゃった……おにいちゃん、今日はこのお魚で、バーベキュー？」

「いや、今日は無理だなぁ。魚は美味いが、食べるのにちょっと準備をしなきゃいけないんだ。バーベキューはまた明日にしよう。だから、今日は最強レイラの料理だな」

「むむ、わかった！　さいきょーレイラおねえちゃんのお料理も、やっぱりさいきょーにさいこーだもんね！　バーベキューでお魚とお肉食べるのもさいこーだし……うーん、今日も明日も幸せ！」

えへへぇ、と頬《ほお》を緩ませ、嬉《うれ》しそうな顔をするイルーナ。

可愛さがインフレを起こしていて、もはや計測不能である。

「イルーナちゃんの言う通りっすねぇ。外のレストランとかで食べるよりも、絶対ウチで食べた方が美味しいっすよ。そのせいで、つい食べ過ぎちゃって……」

「あんまり食い過ぎて太らんようにせんとな」

「うっ、それなんすよ……こういう時、ホントにレフィ様が羨《うらや》ましいっす。あんなにたくさん食べて、しかも全然運動している様子もないのに、全く太らないじゃないっすか。ウチなんか、毎日どれだけ食事量に葛藤《かっとう》していることか……ずるいっす、レフィ様だけ」

「わ、儂とて最近は動いておるわ！」

「そりゃあ、ウチと一緒に家事を手伝ったり、イルーナちゃん達と一緒に遊んだりはしてるっすけど。でも、それ以外の時は大体昼寝してるじゃないっすか」

リューの言葉を全く否定出来ないレフィは、「ぐ、ぐぬぬ……」と唸《うな》る。

「リュー、お主も言うようになったのう……」

「ご主人とレフィ様に鍛えられたっすから。薫陶の賜物《たまもの》っす」

「そんな薫陶をした覚えはないわ」

珍しくレフィを押しているリューに、俺は横で笑い声を溢《こぼ》す。

「ハハハ、リューも強くなったなぁ」

「あっ、えへへ……ご主人がそう言ってくれると、ウチも嬉しいっす」

ワシャワシャとリューの耳と頭を撫《な》でると、彼女は嬉しそうに笑みを浮かべ、俺に身体を預ける。

「全く……別にいちゃいちゃするなとは言わんが、そういうことは人の見ておらんところでせんか」

「何だ、寂しいのかぁ？　仕方がないなぁ、お前も可愛がってやろう！」

「わっ、こ、これ、危ないじゃろう！」

抱き着く俺に、レフィは口ではそんなことを言いつつも、決して振り払おうとはしなかった。


――そんな感じで釣りを続け、一時間程。

「むむ！　これは……大物！」

竿に反応があったらしく、立ち上がるレフィ。

「フッ、この引き、覇龍である儂と力勝負をしようと言うのか！　良い度胸じゃ、その勝負、受けて立ってやろう‼」

余程強い手応《てごた》えだったらしく、レフィはテンション高くリールを巻こうとするが――。

「レフィ、それ……地面釣ってないか？」

「む……？」

怪訝《けげん》そうな顔を浮かべ、レフィは竿を数度振って反応を確かめる。

そして数秒した後、彼女はポツリと呟《つぶや》いた。

「……根掛かりじゃった」

「『フッ、この引き、覇龍である儂と力勝負をしようと言うのか！』」

「ぬがあああ⁉」

キリッとキメ顔でさっきの真似《まね》をすると、恥ずかしさからか、頭を抱えて叫ぶレフィ。

「ちょっとー、おねえちゃん、大声出すとお魚さんが逃げちゃうよー！」

「しー、だよ！」

「……無の境地でやるのが釣り」

幼女達に注意され、我が嫁さんは顔を赤くしながら俺を睨《にら》み、大人しくなる。横でリューが腹を抱えて笑っている。

哀れな……しっかりと確認しないから、そういう恥を掻《か》くことになるのだよ……。

「──っと、来た来た！　こっちこそ大物だ！」

「フン、どうせお主も根掛かりじゃろう」

「違いますー、ちゃんと魚──っておわぁっ⁉」

グン、と思い切り引っ張られ、海に落ちそうになる。

慌てて両脚に力を込めて踏ん張るが、しかしそれでもなおズリズリと身体《からだ》が持って行かれ、足元の甲板がミシリと嫌な音を鳴らす。

なっ、何だ、この力⁉　尋常じゃないぞ⁉

慌てて嫁さんに助けを求めると、これが普通じゃない相手だと即座に理解したらしく、レフィは言葉を発することなくこちらに駆け寄り、竿に両手を添える。

「レ、レフィ‼」

瞬間、海に落ち掛けていた俺の身体が停止し、しなり過ぎて真っ二つに折れてしまいそうだった竿が微動だにしなくなる。

魔力眼で見ると、彼女の手の先から多大な魔力が流し込まれているのがわかる。

恐らく、竿が破壊されないよう、強化してくれたのだろう。

「こっ、これはやべぇぞ‼　多分魔境の森の魔物並だ‼」

「ユキっ、絶対に釣るぞ‼　超大物じゃ、釣って帰って皆で食ろうてやろう‼」

「二人とも、頑張るっす！」

「頑張ってー！」

「すごいよ、すごいおっきいヨ、きっと！」

「……絶対に美味《おい》しい」

リューと幼女達に加え、レイス娘達が身振り手振りで俺達を応援する。

重く、ともすれば俺の方が力負けしてしまいそうになるが、ただ根性で糸を巻いてく。

「ぬおおおおッ、もうちょっとだ、頼むぞレフィッ‼」

「任せよ‼　お主こそ気張れよっ、男を見せるならばここじゃ‼」

レフィと二人掛かりでどうにかこうにか、といった感じではあるが、それでも獲物は着実に海面へと近付き――そしてとうとう、ザバァン、と海面を割り、ソイツが中空に飛び上がる。

――現れたのは、マグロのような見た目の魚だった。

だが、その体躯《たいく》はマグロと呼ぶにはあまりにも巨大で、海の覇者とでも呼んだ方がピッタリ来るような様相である。

頭部からは立派な一角が生え、胴体にはトビウオのような大きなヒレを備えており、もしかすると海上を飛行することも可能なのかもしれない。

「か、怪物マグロだッ‼」

「フッ――‼」

空から降って来るデカマグロに向かって、レフィは手刀を放つ。

すると、彼女の手の先から真空波のようなものが放たれ、的確にエラの部位を斬り裂く。

飛び散る大量の血飛沫《ちしぶき》。

「うッ、ぐ、オラァッ‼」

抵抗が弱くなったのを感じ取った俺は、グン、と一気に力を込め、放物線を描くようにして怪物マグロを俺達の背後の甲板へと釣り上げる。

轟音《ごうおん》が鳴り響き、バキバキと幽霊船ダンジョンの一部をド派手にぶっ壊しながら陸に上がったヤツは、ピクピクと震え――やがて、動かなくなった。

「うおおおお‼　す、すごいっすよ、二人とも‼」

「きゃーっ‼　すっごいおっきー‼」

「おおものダー‼」

「……本当に凄い。一年くらい食べられそう」

彼女らに続き、レイス娘達が両手をグンと上に突き上げ、グルグルと回ってその興奮具合を全身で示す。

大戦果を前に皆が歓声をあげてこちらに駆け寄って来る中、俺とレフィは顔を見合わせてニヤリと笑い、パシンとハイタッチした。


――それから、家に帰った後。

「あのー……これ、どうやって解体するのでー……？」

「……どうしよっか」

「……わ、儂《わし》も解体を手伝うから……」

釣ったはいいものの、そのあまりの巨体を前に、途方に暮れる俺達だった。

あ、けど、物凄い苦労して全身筋肉痛になりながら食べた怪物マグロの身は、頬がとろけそうになるくらい最高に美味しかったです。

あとがき

どうも、流優《りゅうゆう》です！　八巻をご購入いただき、誠にありがとうございます！

先に宣伝をば。今作品のコミックス版三巻が、四月に発売しています！　今回も原作者すら和む内容になってまして、私もカバー裏にSSを書かせてもらっています。どうぞ、そちらもよろしく！

さて、今巻にて初めて別魔王が出現し、ユキのダンジョン領域が拡張されました。当初はもうちょっと魔王に自我を持たせて、ダンジョンに関することを喋《しゃべ》らせようかと思っていたのですが、書いてたらいつの間にかあんなことになってましたねぇ……いつものヤツです。

ユキさんのダンジョンが今後どれだけ広がって行くのかはわかりませんが、まあきっと、彼は色んな地点にキャンプ場とか海水浴場とか釣り堀とかを造って、幼女達の遊び場を拡張するのでしょう。彼のダンジョン、方向性が些《いささ》か間違ってませんかね。その内、ダンジョンじゃなくてレジャー施設とかって呼び出しそう。

短いですが、この辺りで謝辞を。

担当さんに、だぶ竜《りゅう》先生に、遠野《とおの》ノオト先生！　関係各所の皆様に、この本をお手に取っていただいた読者の方々！　全《すべ》ての方に心からの感謝を。

それでは、またどこかで会おうぜ！

カドカワBOOKS

魔王《まおう》になったので、ダンジョン造《つく》って人外娘《じんがいむすめ》とほのぼのする 8

2020年5月10日　初版発行

著者／流優《りゅうゆう》

発行者／三坂泰二

発行／株式会社KADOKAWA

〒102-8177
東京都千代田区富士見2-13-3
電話／0570-002-301（ナビダイヤル）

編集／カドカワBOOKS編集部

印刷所／大日本印刷

製本所／大日本印刷

Printed in Japan
ISBN 978-4-04-073643-3 C0093

新文芸宣言

かつて「知」と「美」は特権階級の所有物でした。

15世紀、グーテンベルクが発明した活版印刷技術は、特権階級から「知」と「美」を解放し、ルネサンスや宗教改革を導きました。市民革命や産業革命も、大衆に「知」と「美」が広まらなければ起こりえませんでした。人間は、本を読むことにより、自由と平等を獲得していったのです。

21世紀、インターネット技術により、第二の「知」と「美」の解放が起こりました。一部の選ばれた才能を持つ者だけが文章や絵、映像を発表できる時代は終わり、誰もがネット上で自己表現を出来る時代がやってきました。

UGC（ユーザージェネレイテッドコンテンツ）の波は、今世界を席巻しています。UGCから生まれた小説は、一般大衆からの批評を取り込みながら内容を充実させて行きます。受け手と送り手の情報の交換によって、UGCは量的な評価を獲得し、爆発的にその数を増やしているのです。

こうしたUGCから生まれた小説群を、私たちは「新文芸」と名付けました。

新文芸は、インターネットによる新しい「知」と「美」の形です。

2015年10月10日
井上伸一郎

最強素材も
【解析】【分解】【合成】で加工！
セカンドキャリアは絶好調！
白泉社アプリ
『マンガPark』にて
コミカライズ
連載中!!!!
漫画：榎ゆきみ
【修復】スキルが万能チート化
したので、武器屋でも
開こうかと思います

ゲーム知識を使って、
らくらく
レベル上げ＆
スキルをゲット！
元・世界1位の
サブキャラ育成日記
～廃プレイヤー、異世界を攻略中！～
沢村治太郎
illust.まろ

コミックス発売中!!
原作：沢村治太郎
漫画：前田理想
キャラクター原案：まろ
元・世界1位のサブキャラ育成日記 1

最速無双のB級魔法使い
一発撃たれる前に千発撃ち返す！

ガンガンONLINEにて
コミカライズ
連載中!
作画：山浦柊
©Shu Yamaura
/SQUARE ENIX
超スピードの攻撃魔法で、
どんな相手も
撃ち破る!!

魔石グルメ
魔物の力を
食べたオレは
最強！

料理で胃袋わし掴み!?
男子高校生、異世界で
主夫生活始めます!
B's LOG COMICにて連載中!
ビーズログコミックスよりコミックス絶賛発売中!!
漫画:不二原理夏
原作:港瀬つかさ
キャラクター原案:シソ
シリーズ好評発売中!
最強の鑑定士って誰のこと?
~満腹ごはんで異世界生活~
港瀬つかさ　イラスト/シソ
異世界転移し、鑑定系最強チートを手にした男子高校生の釘宮悠利。ひょんな事から冒険者に保護され、彼らのアジトで料理担当に。持ち前の腕と技能を使い、料理で皆の胃袋を掴みつつ異世界スローライフを突き進む!!
カドカワBOOKS